U0965570

大鱼

有爱的青春陪伴者

失氧
意恐迟迟／著
江苏凤凰文艺出版社
JIANGSU PHOENIX LITERATURE AND ART PUBLISHING

图书在版编目（CIP）数据
失氧 / 意恐迟迟著. -- 南京 : 江苏凤凰文艺出版社, 2025. 11. -- ISBN 978-7-5594-9943-1
Ⅰ. I247.5
中国国家版本馆CIP数据核字第2025QG8801号

失氧

意恐迟迟 著

责任编辑	王昕宁
特约编辑	欧雅婷
责任校对	言　一
责任印制	杨　丹
出版发行	江苏凤凰文艺出版社
	南京市中央路165号，邮编：210009
网　　址	http://www.jswenyi.com
印　　刷	长沙鸿发印务实业有限公司
开　　本	880mm × 1230mm　1/32
印　　张	8.5
字　　数	194千字
版　　次	2025年11月第1版
印　　次	2025年11月第1次印刷
书　　号	ISBN 978-7-5594-9943-1
定　　价	42.80元

目录 ◦contents

SHIYANG

目录 · contents

SHIYANG

楔子

飞鸟

叶凡的男朋友死了。

在他们即将用来结婚的新房里，梦游从二十六楼坠落。

叶凡仅仅慢了一步。

直到警笛声响起，她才似有所感地站起来。

当她浑浑噩噩地将一切事情处理好，再次回到二十六楼的时候——

明明房间里到处都是两人生活过的痕迹，可就短短几天，她发现自己怎么也想不起男朋友的样子，想不出他们经历过的往事。

夜夜难寐，偶尔的梦中相见，也只有一张看不清的脸，思绪如同一只盘旋的飞鸟。

叶凡又一次从梦中醒来，接了一杯水，坐在沙发上。沙发上还有一条她和男朋友一起买的藏式风格的毯子，而沙发后面的墙上挂着一幅巨大的画。

油画的笔触，画着一座神圣的雪山，天空是清浅的蓝色，画的下方是一片繁茂的草地，画框上还写着——

西藏，萨普神山。

叶凡觉得自己好像想起来了什么，她男朋友似乎生前很想去这里，而且这个念头已经出现很久很久了。

她应该替他去看一看。

第一章

泸定县

成都双流机场。

一位女士拖着巨大的行李箱站在五号出口，长长的黑发拢起盘在脑后，被一只抓夹夹住。

她身着米白色卫衣，容貌姣好，只不过面色有些憔悴。她的气质非常温柔，路过的人纷纷投来视线。

叶凡并不知道别人在看她。

自从那天产生了想要去西藏的念头，第二天一早她就定下了川藏线的自驾车队，随车队进藏，从成都出发，她便提前一天来了。

网约车还在机场外转圈，没能成功和她会合，司机已经打了五六遍电话。

手机铃声再次响起，叶凡接听，十分有耐心："我现在在五号出口，您在哪里？"她说话语速慢，和那一端非常暴躁的司机截然不同。

"那这样吧，我去停车场找您，您的车牌是多少？"

叶凡记下司机的车牌，费力地用左手拖着行李箱往停车场走。好不容易找到了司机，她上车后又听司机一直唠叨。

司机说的是川话，她听不懂，只能靠着车窗沉默。

司机反应过来，赶忙用不太标准的普通话问："来成都玩？"

叶凡摇摇头："去西藏。"

"这个季节去西藏呀？三月份可不是旺季，很冷的，多穿点。"

司机实在是太热情，叶凡只好笑着点头，左手控制不住地摸了摸右手手腕，那里绑着一条丝带。

从双流机场到叶凡订的酒店要一个小时，她一边时不时地回复司机的搭话，一边漫无目的地看着窗外的景色。

到了酒店，司机看她瘦弱的样子，还帮她把行李搬进了大堂。

“谢谢。”叶凡礼貌地道谢。

她从前台手里拿到房卡上楼，看到房卡上清晰地写着“二十六楼”。她也懒得换房间，进电梯一路到达房间。

车队是明天早上七点出发，会直接来酒店门口接她。

在房间里休息了一会儿，叶凡就把行李箱打开收拾行李，手腕上的丝巾被她摘下，一道非常狰狞的伤口横亘在上面。

那里碰一下就疼得剧烈，怕引人注意，她只能忍着疼用丝巾挡住。因为刚刚用力了，还渗出来了几道血丝。

酒店的床非常软，叶凡准时在晚上九点戴上眼罩——睡不着也要有个欺骗身体的仪式。只不过一闭上眼，就是抹不去的红色。

直到身体开始发抖，叶凡只能坐起来。

她在远离窗户的椅子上坐着，直到天光亮起。她感觉自己再这么坐下去，就要在椅子上生根了。

她叹了口气，重新打开行李箱，把东西都拿出来再收拾一遍。

透过对面的镜子，叶凡发现自己的脸色非常憔悴，眼下的乌青浓郁。不想在旅途的第一天有这种面貌，她从包里拿了一支裸色口红，细致地涂好，总算有点好气色了。

车队领队在六点五十分发消息让叶凡下楼。

叶凡吃力地拖着行李箱走在大厅里，老远就透过玻璃门看到门口停了四辆越野车，和这个城市的气质完全不匹配。车虽然清洗得干净，但仍旧能看出风沙的痕迹。

应该就是这次的车队了。叶凡了然，拖着行李箱走进玻璃转门。她刚刚绕出来，就被左边飘来的一缕烟呛到，咳嗽了两声。

她循着烟飘来的方向转过身去看，这一眼，视线都凝滞住了。

一个男人站在酒店门口的垃圾桶旁边，穿着一身洁白的冲锋衣，手里夹着一支烧到一半的烟——这正是呛到叶凡的罪魁祸首。

酒店门口被门廊遮出一片阴影，只有那男人站着的地方，漏出独属于成都的晨光。

那男人皮肤非常白，光打在皮肤上像是能透视一般，他的神情也有着晨光的柔和。至少在叶凡看来，他满身的气质都和那支烟太不符合。

那男人似乎是感受到叶凡的视线，对叶凡抱歉地笑了下，挪到了垃圾桶的另一边。

“是叶凡吗？”一道浑厚的男声从另一边传来。

叶凡转头，看到另一个男人，非常高大，小麦肤色，站在她身后。

他应该是这次川藏线之旅的领队。

她礼貌地点点头。

果不其然，男人下一句就说：“我是咱们车队的领队。行李可以给我，我帮你放到车上。”

“谢谢。”

“咱们一车四个人，你坐前面第一辆。”领队手指指向一个方向，“那边抽烟的那个，也是咱们车的。

领队：“哥们快来，这位小姐姐也是咱们车的，你俩先互相认识一下。”

抽烟的男人听到领队的声音，把目光转过来。他的眼尾微微下垂，显得人畜无害的样子，略微摆摆手：“我的烟有点呛，就不过去了。”

被光照得有些睁不开眼，男人只好眯着眼对叶凡礼貌地笑了笑：“我叫简弋，你好。”

叶凡也回应，稍稍点了下头：“叶凡。你好。”

相互问好之后没有了下文。

简弋手里的烟燃到尽头时，领队先看了眼时间，从叶凡手里接过行李箱：“嚯，还挺重，给我吧，你先上车。”

叶凡点头道谢，转身往第一辆车走去。走到跟前她才发现，这辆越野车非常大，底盘也高，她站在车门前还要伸手才能够到车顶。

她思索了下自己的座位应该在哪里，然后打开了后座车门。

越野车后座的空间非常大，叶凡坐到座位上还能把腿伸直。

另一侧坐着一个年纪不大的女孩，看起来很乖巧：“你好呀。自我介绍一下，我叫元梦，西安人。你呢？”

叶凡礼貌点头：“我叫叶凡，上海人。”

元梦笑眯眯地夸：“你好漂亮。”

突如其来的夸奖，令叶凡不是很适应，她只能笑了笑：“你也是。”

“我们车上还有个帅哥。”元梦语气轻快，“我这一趟真值啊。”

这种刚认识几十秒的场合，叶凡完全不知道该回答什么，气氛僵住。

察觉到了叶凡的尴尬，元梦打着圆场：“我有点自来熟，你别介意。”

“没关系。”

副驾驶的门就在这时被拉开。简弋应该是在外面站了一会儿，散掉了身上的烟味，自如地坐进了副驾驶。

元梦见他进来，也就不再围着叶凡说什么，伸手拍了拍他。

简弋就势回头：“怎么了？”

“你们两个还没认识吧？可以互相介绍下哦。”

叶凡愣愣地抬头，正好和回过身的简弋对视。

“我们刚刚已经认识过了，谢谢。”一整夜几乎没休息，叶凡实在没有力气聊天，透过车窗往外看。

领队搭着后车的车窗和司机说了什么，然后转头往他们这边走。

领队打开车门上车，把几本册子分发给了他们三个人：“我再介绍下，我叫李皓，是咱们车队的领队，有什么事找我就行。”

叶凡接过册子看了看。这应该是车队自己做的《旅行路线》和《高原注意事项》。这个时候她才有些实感，是真的要上高原了。

“咱们川藏线要走十几天，到了拉萨之后还有两三天的行程。接下来咱们就多互相关照。

“今天走过的地儿海拔不高，不过三天之后我们就正式进入高原了。车里备着氧气瓶，你们到时候情绪不要太激动，进入高原之后第一天不要洗澡，不要剧烈运动。”

元梦说：“放心吧，我来之前都看过攻略了！”

叶凡没看过，她来西藏就是拎包就走，甚至连高反这件事都忘记了。但平时她每天扛着相机拍摄，体力不错，她自认为不会高反。

“如果身上有什么病症的话，建议不要继续走了。高原上连感冒都是很致命的，我们一旦出发就没有回头路。”

听见这些，叶凡神色没什么波动，倒是元梦捏了捏手：“这样啊……没事！年轻就得拼一把。”

“哈哈哈！”李皓笑道，“确实，这两年上高原的年轻人特多，谁来西藏都有点故事。”

都有点故事吗？每一个人都像她一样吗？叶凡不受控制地想，视线也不受控制地看了眼副驾驶上的简弋。

车上 LED 屏幕上的时间跳到七点，李皓拿钥匙启动车辆：“咱们准备出发了啊！”

元梦激动道：“走吧走吧！”

李皓拿起架在左侧的对讲机，先是按响了车辆的喇叭。在一片寂静中，这声音震耳欲聋。

随之，后面的三辆车也按响喇叭，呼应着，似乎高原的风现在就已经吹过来了。

对讲机里传来杂音，李皓把它放在嘴边，按下按钮，说：“出发。”

车随着晨光缓慢向前行驶，叶凡随便扫了眼副驾驶位，简弋已经闭上眼开始睡觉了。她看得心生羡慕，周公像是讨厌她一样，每天只赏赐给她几个小时的睡眠时间。

身边的元梦从背包里拿出零食吃，“咔嚓咔嚓”地嚼着，像只仓鼠。

她递了一根棒棒糖给叶凡，叶凡礼貌地摆手。不过那棒棒糖似乎也像女孩那样自来熟，最后强行出现在了叶凡的口袋里。

李皓腾出一只手放音乐，是朴树的《平凡之路》。

徘徊着的，不安着的。

你要去哪儿，Via，Via……

叶凡感觉有点不真实，明明昨天早上还在那间死了人的房子里，今天的一切就变得看起来充满明亮。

在行程规划上面，第一天要到达的地方是海螺沟。

叶凡听李皓说，今天的路程短，只有五个小时。

从成都上了高速，远离市区，元梦一刻不停地说话，简弋睡得沉，怎么都没被吵醒。李皓还要认真开车，所以就只有叶凡听着元梦说，元梦说一句，她答一句。

“叶凡，你多大呀？”元梦嘴里还嚼着巧克力。

叶凡没看着她，转头去望窗外：“我二十七岁。”

“那我得叫你姐姐，我才二十一岁。这次来西藏，应该就是我这辈子唯一一次了。”

“为什么？”李皓搭话，“想来就来，你五十岁了我都能带你去拉萨，我车技特稳。”

“不行。”元梦摇头，“我估计活不到五十岁。”

听到这话，叶凡终于把头转了过来。看元梦的年纪，也不过就是刚刚大学毕业，一般这个年纪的女孩对未来的畅想都梦幻且长久，没有谁会说出活不到五十岁的话。

“什么话！哥跟你说，你长得就是长命百岁的脸。”

“不可能，我没开玩笑。”虽然说的是很沉重的话题，但是元梦还在吃东西，没心没肺的样子，“我有病，医生说我活不了几年了。”

“什么病？心脏病还是什么？要是这个的话我可不能带你上高原啊！”李皓吓了一跳。

“不是啦，就是免疫方面的病。放心啦，上高原没问题，我只要不感冒就行。”

“咳，你吓死我了。”李皓腾出一只手挥了挥，“你放宽心，下次还能来。来的话，哥给你打折。”

叶凡没插话，就静静看着。元梦说的病，她大概知道一些。这么小的女孩确实很可惜，她也不觉得元梦聒噪了。

反倒是李皓之前说的话让她很在意。

来西藏的人都有点故事。

结合现实来看，这倒是像冒险小说里的情节，他们一车都是主角团，每个人都有每个人的故事线。

叶凡喜欢听故事，她想知道所有人的过去，这样她可能会找到故事里的共情，解脱自己。

车队行驶得不快，元梦还问为什么不快点，李皓笑着回答：“路上能看到贡嘎雪山，算是亚洲东部最高的山峰，怕你们不注意没看到。”

这时，就连睡得无声无息的简弋都睁开了眼。

李皓打趣道：“哥们儿，一听见雪山就醒了啊。”

简弋揉揉眼：“我就是为了雪山来的。”

“你们那儿没雪吧？”李皓的语气里带了点可惜，“没事，后边的雪山多得很，到时候停车看个够。”

简弋点头，看向窗外，还是一片绿油油的样子：“广州从不下雪。”

“广州？那挺正常。”

“叶凡你呢？见过雪吗？”

被点到名字，叶凡还有点发蒙。

李皓从后视镜里看她，继续问：“你们那儿下雪吗？”

叶凡回过神，点点头：“上海只下过小雪，但我没见过雪山，还挺想看看的。”

说完这话，不知道为什么车里没人搭话，李皓也突然开始聚精会神地开车。

叶凡还想着，自己也许就是冷场体质，于是继续看向窗外数山包。

前面是一个转弯，李皓一脚油门拐过去：“往右边看！来了！”

他语气严肃，把车里三个人都吓了一跳。

叶凡下意识地往右扭头。

贡嘎雪山并没有想象中的那种宏伟，反而是遥远的、不可触碰的，像幅画一样挂在视线的尽头。

“哇！好漂亮啊！”元梦拿出手机拍照，一时间，“咔嚓咔嚓”的声音在车里格外有节奏。

叶凡不知道这个时候自己应该做出什么反应才足够合群。她望向简弋，他一改慵懒，车窗被他开了一半，亮亮的眼睛看着远方，里面还有不明所以的光点。

叶凡依样画葫芦，也探身往外看，只不过还是古井无波。

有点失望。

“还有几百米就看不到了，要拍照的赶紧拍啊！”李皓提醒。

他这么一说，元梦就拍得更起劲了，当贡嘎雪山从眼前离开的时候，叶凡还听到了她的一声叹息。

接下来的路程就是普通无聊的高速公路，终于在叶凡数到第十三个路牌的时候，到达了第一站——泸定县。

李皓告诉他们，今天中午要在这里吃午饭。随着车队进入县城，不是很高的小楼构成的城市在叶凡的眼前展开，一条宽阔的河把整个城市一分为二，一道铁索桥架在河面上，随着风的吹拂有些飘摇。

李皓说："可以去上面拍拍照片，但是别走散了，咱们一会儿要去吃饭了。"

"好。"叶凡点头。

她不是很想上桥，从远处看还好，近看的话，桥横亘在那里，离河面非常高。

她很怕高。

从前是无所谓的，自从经历了那件事后，她只要走到高处就会腿软。

好在河边还有长椅可以坐，叶凡没跟着大部队，径直坐在了河边吹风。

突然，身边落下一道阴影，她扭头去看，是简弋，他也没上桥。

两个人点头致意，坐在同一张长椅上各看各的风景。

叶凡从余光中看到简弋从兜里拿出了烟盒，似乎是怕呛到她，他站起身，走到远处空旷的地方默默点火。她也没什么可做的，就看着河面发呆，脑海中的事情想也想不完。

似乎只是一眨眼的工夫，简弋就重新走了回来，手里还拿着一张纸，露出了点烟头的影子。他折叠几下，确保不会弄脏衣服，然后装进了兜里。

"你为什么不上桥？"简弋怕身上有烟味，站得离叶凡很远。许是见叶凡一个人无聊，他在努力寻找话题。

“我有点怕高。”叶凡回答。

似乎意识到又会冷场，她只好无奈地问：“那你呢？”

“我不喜欢水。”

仅仅是不喜欢水吗？来时的路上，看着简弋对风景的热衷，她还以为他会不放过任何一个景点。

对话结束，气氛重新陷入了平静。叶凡觉得，在这种氛围下自己怎么也要说点什么。

“那你为什么来西藏？”

简弋靠在河边的栅栏上，思索几秒，回道：“也许是来看雪山的吧。”他眼神里满是向往。

“也许？”叶凡疑惑。

“因为我也不知道，但就是来了。你为什么来？”

“我？”叶凡摇摇头，“我也不知道，想来就立刻来了。”

叶凡自己都被自己撒谎的功力震惊了。

“有点笼统啊。”

“看雪山明明更笼统。”叶凡也学着简弋的样子，靠在河边的护栏上，“雪山哪里都有吧？”

“什么？”叶凡最后说的那句声音很小，河边的风声又正好入耳，简弋没听清。

“没什么。”叶凡的视线粘在河面上，发丝被风吹得向耳后飘起。

河面被太阳晃得波光粼粼，简弋觉得头晕眼花，转过身去看着错落的街道。

他笑了笑：“如果别人听到我们的对话，可能会觉得我们是故弄玄虚的神经病。”

“我查过了，来过西藏的人都会变成这样，所以没关系。”叶凡配合地笑了笑，只是笑意不达眼底。

从前叶凡不懂，那些狂热追逐西藏的人是一种怎样的心态，此刻却有些触碰到了关窍。在踏上西藏旅途的第四个小时，在和一个刚认识的男人莫名其妙的对话里，她好像摸到了西藏雪山的一角。

去了铁索桥的元梦跟着李皓回来，四个人重新上了车，车队订的饭店在河对岸。

元梦一直缠着叶凡：“我第一次见到这种桥！太酷了！我拍了桥上的照片给你看。”她边说边把手机递给叶凡。

这照片拍摄的角度非常清奇，是从桥上平直地拍向河面，叶凡看到河面的波纹就感觉自己要坠落。她神色僵硬了一瞬，仿佛又回到了二十六楼的阳台。

元梦没看出来，还在叶凡的眼前激动地翻着相册。

叶凡只觉得自己全身都僵硬了，只有手腕上的伤口在不停地流血，这种幻觉带动着她止不住地颤抖。

“叶凡有恐高症，可以给我看看吗？”

一个清冷的嗓音如同冷冽的泉水，终于把叶凡从旋涡中解救出来。她感激地望向声音的来处——坐在副驾驶的简弋。没想到刚刚简短的几句话，简弋就记住了她怕高。

元梦小孩子心性：“不好意思啊，姐姐，我不知道你恐高这么严重。那简哥你看。”

简弋接过手机：“很壮观，很神奇。”

“是吧是吧！”

李皓掺和进来：“叶凡恐高呀？没事，之后几乎没有太高的桥了。元梦刚才拍的时候我也觉得吓人，这小丫头半个身子都要伸出去了，把我吓一跳。”

“那我不是好奇嘛！”元梦撒娇。

似乎在刚刚的几十分钟里，两人已经极其熟悉了。

叶凡从刚刚的感觉里缓过来，看着有些歉意的元梦，笑了笑示意没事。年轻人总是会让人心生向往，可爱的小女孩也是。

叶凡看着她就好像看到了自己没有过的青春时光，所以这些小事都无所谓了。

饭店不远，车队的车整整齐齐地停在门口，十来个人一起往前走。叶凡不喜欢热闹，落在了最后面，简弋也走在最后，谁都没说话。

进了店门，李皓招呼他俩坐下：“快来！今天这儿的海拔低，你们还能吃得香一点。来尝尝这里的特色。”

叶凡坐下，把餐具拆开。菜是早就订好的，已经摆在玻璃转桌上，热气腾腾的。简弋坐在她的对面，正在用开水烫餐具。

元梦震惊地看着：“这个要烫吗？”

“就是我的一个习惯。”简弋摇摇头，“不烫也可以。”

元梦还是觉得好玩，拿起热水壶，兴致勃勃地烫着碗筷。

一个转桌只坐四个人是有点宽阔，元梦说话的声音都大了起来。

叶凡看着桌上的蒸鸡血有点反胃，只低头吃着面前的土豆片。她吃饭不太喜欢说话，静静听着李皓给元梦讲高原的故事。

“当年我刚跑川藏线时还是个毛头小子，走的不是318国道，给客人订的还是那种特简单的酒店。有一次我放好行李，就领着一帮人去外面吃饭。

“吃到一半吧，酒店前台给我打电话，让我回去。我以为出什么事了，急急忙忙跑回去，一进房间，几个贼高贼壮的男人坐在房间里。

“我心想，要出事。果不其然，我一进屋，一个哥们就往桌上扔了一把这么长的刀，跟我说：‘住我们酒店就得在这儿吃饭，你懂不懂规矩？现在你坏了规矩，这事怎么解决吧？’

“我心里一咯噔，不能这么倒霉吧，第一次跑拉萨就没命了？我老婆还在家等我呢，肯定不行啊！我就跟那哥们说，我老大是什么什么车队的，你今天动我一下，你酒店就别想开了。”

李皓一边侃大山，一边用手比画。

元梦十分捧场：“然后呢？”

“然后那几个哥们就拿着刀走了，第二天退房之后我们赶紧跑路。”

“那你真认识什么老大吗？这么厉害！”

“嗨，我可不认识，我瞎编的。我们那时候就是个野车队。”

故事虽然有点过于夸张，但还是足够引人入胜的，叶凡也侧着头认真听着，这些小故事总能给她逃离社会的感觉。

李皓收获了元梦崇拜的眼神，很是得意，用大勺子盛了一碗蒸鸡血放在元梦面前：“这个好吃，补血，你吃这个。叶凡，你也尝尝，我看你都没动过这个。”

“我不吃血，你们吃吧。”叶凡抱歉地笑了笑，准备抬手去拿水壶。

水壶放在简弋那边，叶凡站起来去够，手碰到水壶的一瞬间，被另一只手按住。

简弋轻声说：“等下。”

叶凡顺着他的视线看向自己的手腕。她的惯用手是右手，听李皓讲故事听得入迷就忘了，自己右手上还有一道长长的渗着红的伤口，应该是拿行李时不小心扯开的，还有些血蹭到了毛衣上。

她并不想让别人看到，干脆连水也不要了，飞快地收回手。

但是全桌人都看到了。

“叶凡啊，你这手腕不会是……”李皓问得支吾。

叶凡摆摆手：“不是，不小心伤到的，一直没好。”

李皓说：“那就行。活着多好啊，能看风景能吃美食。”

叶凡点点头。

对面的简弋递过来一块纱布，她有点诧异：“你还随身带着这个？”

“以备不时之需。”

别人的好意她也不好拒绝，接过来随意绑上了手腕。

简弋见了皱紧眉头。

他从座位上站起来，走到叶凡旁边，颇有些强硬地扯过叶凡的手，细致地用纱布裹住了她的伤口。

这样熟稔的举动，配上之前自己对他莫名的熟悉感，叶凡感觉好像从前的生活中真的有这么一号人存在似的。

可事实是，他们从没见过。

第二章

磨西古镇

其实泸定县很小，也没有什么特别吸引叶凡的独特风景。

元梦一上午保持着精神气，吃完午饭似乎也有点累了，上了车就开始闭目养神。少了个活宝，之后车在高速公路上行驶的途中，车里安静得很。叶凡居然也在这种寂静之中迎来了久违的困意，靠在车窗上浅睡了会儿。

虽然这一觉只有十分钟，不过对于她来说也算是很大的进步了。

下午到达磨西古镇，海螺沟的景区大门就在这里。车队预订了一家温泉酒店，看着金碧辉煌的。

叶凡在下车之前轻轻拍了拍元梦，示意她下车。

简弋也慢慢醒过来，打开车门，吹来的冷风还让他清醒了一下。他去帮李皓从后备厢拿行李时，叶凡本来要伸手接过自己的大箱子，被他拦住了："你手上有伤，我帮你吧。"

提起伤，叶凡也不好拒绝，点点头。

元梦的行李给了李皓，两个女生手里没有东西，叶凡就被元梦挽着胳膊。

"一，二，三……不对啊，我们是四个人，为什么只有三个行李箱啊？"

元梦这么一说，叶凡才发现确实是的。除了她们两个女孩子的行李箱，另一个黑色的箱子上用白色油漆笔写着李皓的名字。

那么这样看来，是简弋没有。

"哎？简哥！你的行李呢？"

听到元梦的声音，简弋停了下来：“我没有行李箱，我的背包就是我的行李。”

“啊？那多不方便啊。”小女孩很吃惊。

本来叶凡和她走得慢，落下一大截，这下直接被她扯着往台阶上跑。

“我是流浪的人，身无长物才符合我的身份。”简弋笑了笑。

叶凡听到这种话还会有点触动，元梦却没听懂，抱着叶凡的胳膊：“为什么他要说自己是流浪的？他明明看起来有钱有时间。”

“也许……”叶凡说道，“有钱的流浪汉。”

元梦瑟缩了一下：“咦，怎么这么肉麻。”

实在是没忍住，叶凡摸了摸女孩的头发，故意学着简弋的语气说：“可能只有这样说话才符合西藏的定位吧。”

晚上，李皓给他们发消息，说可以去泡室外的温泉。叶凡对这个项目并不是很感兴趣，反而是磨西古镇的夜景更加吸引她，所以客气地拒绝了邀请。

微信上的消息不停地传过来。

李皓：你和简弋怎么都不来？来试试呗？

叶凡：我手上有伤口，不太方便。

有这个理由总不可能还被劝说吧？她其实很难拒绝别人的邀请和好意，这个时候反而庆幸自己的伤口的存在。

她抬起手来，放在灯下看。白天简弋给她工整地绑了绷带，还打了个漂亮的结。和自己白色的卫衣一搭，倒像是一块独特的配饰一般，一丝一毫都看不出里面有伤口。

之前她懒得管这个伤口，现在没想到被挡住之后居然顺眼了很多。

她察觉到自己有什么变了。

这种状态并不符合她的设想，她觉得自己应该是悲痛的，应该在踏上西藏的路途时大哭一场，或者要死要活。但她没有，甚至潜意识里，她开始期待明天，期待未来。

这个酒店的房间很大，楼层的高度刚好可以在落地窗前俯瞰整个磨西古镇。镇子的街上灯火通明，暖黄色的古旧小楼错落有致。

叶凡看着外面，突然就很想出去走走，想看看这个小镇的人是怎么生活的，想知道那些昏黄的路灯下，会不会有新的故事发生。

她对这些都很好奇。

叶凡不敢长时间站在落地窗前，她害怕那种面前毫无遮挡的眩晕感，于是从桌上拿了手机就出了门。

酒店的大门依旧金碧辉煌，她背对着酒店往外走。偏偏通往镇中心的路非常黑，她不得不拿出手机来照亮脚下有些崎岖的路，深一脚浅一脚地走。

镇上的风很大，叶凡也不知道自己要去哪里，就只是朝着看得到光的方向走。

等到走到了街上，那些在酒店房间中看到的光点就变成了天上的“小月亮”。路上也没什么车辆和行人，她漫无目的地四处打量着。

街边的小楼低矮，倒是让她想起了自己的来处。上海附近是有很多古镇的，那些古镇中心通常都会有一条小河蜿蜒而过，烟雨人家，哪怕是晚上也充斥着嘈杂。那里有更古旧的楼房、青石板路、走不到尽头的桥、车辆轧出的折痕，还有空气中的水汽……

她跟谁一起去过来着？

不记得了，应该是那个可怜的被她忘了个干净的男朋友。

那些古镇和这里一样，又不一样。

路边的小店有卖“隆达”的，就是用糯米纸做成的一沓纸片，传说可以在雪山之巅带着愿望撒下。随着风吹，愿望也会被带到神明的面前。

叶凡不知道自己应该有什么愿望，她看着那彩色的隆达，还是掏出手机买了两沓，塞进口袋。

顺着路灯的方向走，可能因为不是旺季，并没有摆摊的小贩，反而越来越冷清。主街的风景一成不变，叶凡看腻了，转头就拐进了小巷子。

四通八达的小巷更有烟火味。墙根下还有几只小猫，围着一株野草跳来跳去。刚好也走累了，叶凡靠在墙边蹲下，侧头看着。

几只小猫被吓得跳到一边，似乎是对她这个停留下来的异乡客心怀警惕。过了一会儿，见叶凡没有声音，小猫又蹑手蹑脚地跑回来，继续玩那一株野草。

叶凡轻轻弯了弯嘴角。

头顶有一盏路灯，微弱的光只能照到叶凡的身前，她还是埋在影子里。蹲在地上的女子，说不定还会把路人吓一跳。

没一会儿，几只小猫玩腻了，转头高贵地离开。

叶凡也不再看，双手扶着膝盖站起来。头有点晕，她手扶住旁边的墙，缓了好一会儿。

手机上显示时间九点多了，她决定回酒店，转过头要原路返回的时候，才发现自己没记住路。

太久没一个人出门了，忘了自己路痴的这个属性。刚才走进巷子的时候，她只是凭着自己的喜好七拐八拐，没注意走到了哪里。

这里真的很寂静。

为了避免自己吓唬自己，她开始摸索着往外走，走错了好几次才回到了主干道上。

小镇没有夜生活，这个时间店铺几乎都关了门。主干道也就两个方向，叶凡仍然不记得来时的路，她准备随便找个方向，走到黑好了。

街道寂静，远处的石椅上坐了一个人。

叶凡隔老远就看到了一片白，和她的衣服一样白，只是看不清那个人的脸。

既然有人，那就朝着那边走好了。

路过的时候，叶凡也不想打量，还是懒懒散散地走着。

“你要去哪儿？”从石椅上传来一个熟悉的声音。

后来的叶凡也觉得，这个清冽的嗓音，就像是小巷子里的路灯，主动地偏移，照在了蹲在黑暗里的她的脸上。

是简弋。

叶凡有点诧异，没想到无聊逛大街的人不止她一个：“我要回酒店。”

“走反了，应该往那边走。你迷路了吗？”简弋从石椅上抬头，眼眸不同于白天，毫无色彩可言。

叶凡坦率地点点头。

“走吧。”

“去哪儿？”

简弋站起身：“一起回酒店。”

既然有好心人带路，叶凡也不用争运气了，干脆地跟在了简弋身后。简弋的后背很宽阔，路灯是黄色的，照得他的冲锋衣也是黄色的。

他非常坚定地走在前面，叶凡踩着他的影子跟上他的步伐。

“怎么没去泡温泉？”似乎是简弋觉得气氛冷清，便问了这句话。

叶凡伸出手腕朝着他晃了晃，想起来他是背对着她的，又开口：“手腕不能下水。”

“我还以为你真的想……”简弋停下来等候叶凡，“看来并不是。”

“意外伤到的。”叶凡也顺势走到他的身边。

简弋同意地点点头。

“这样是很愚蠢的行为。”他像是展开了说教模式，“世界上还有那么多的风景，没看到就离开真的太遗憾了。”

叶凡并不喜欢这样，语气有点冷：“所以这是你‘流浪’的理由？”

“抱歉。”简弋轻轻笑了笑，“我比较珍惜生命，所以总是对这种事有点应激。”

叶凡用余光观察着他。

简弋还是背着他那只背包，白天什么样现在就是什么样。

叶凡想说点什么，憋了半天才问：“你怎么不去泡温泉？”

“我真的不喜欢水。”简弋答道。

“温泉也算吗？”

他非常认真地点头。

两人已经走到酒店和镇上连通的那条漆黑小路。昏黄的灯光逐渐在身后远去，叶凡有点夜盲，微微眯眼看前面，还把手机拿出来打光。

简弋倒像是没事人一般，走得顺畅。

“你看得清路吗？”叶凡问。

“看得清。”

叶凡的本意是暗示他稍微走慢一点，自己并不能跟上，但明显这人没懂。她看着前方不远处酒店的灯光，叹了口气，放任他先走。

自己才刚刚落后一点，前面的人就减慢了速度。

叶凡莞尔一笑：“谢谢。”

简弋倒像是没听懂的样子：“我也有点看不清。”

远处的光斑一点点近了，叶凡松了口气，把手机收回口袋。简弋也恢复了原本的步伐速度，直着腰板往前走。

跨进酒店的时候，叶凡有点茫然，感觉这个酒店和外面就像是有一面墙壁，完全不同的装潢风格，一下子把古镇上的娴静完全隔绝。

等电梯的时候，简弋对她说：“明天要早起，好好休息。”

叶凡忘了明天的行程，疑惑地看向简弋。

“明天要去牛背山，早起看日照金山。”他解释道。

日照金山……差点忘记了。叶凡点头，估计自己这一晚上也会是远离窗户看古镇看到出发时间，几点走也就不太重要了。

简弋见她点头，也没多说话，按下了楼层按钮。

叶凡紧跟其后。

她缩在电梯角落，看着站在中间的简弋，想起还没答谢他挽救了迷路的自己，但口头答谢又有点敷衍。她思索片刻，从口袋里拿出刚买的隆达，分出一沓，手指戳了戳简弋的胳膊，递上前。

“谢谢带我回来。”

简弋愣了一下，也没客气，收下隆达，认真地放进冲锋衣的口袋：“不客气。”

电梯正好到了他的楼层。

简弋背着他的包走出去，回过头对站在电梯角落的叶凡微微笑了笑：“明天见。”

没等叶凡回答，电梯门就关上了。

打开房间门，一片漆黑，正对面是一面硕大的落地窗。叶凡有点僵硬地插上房卡，进来后也没做什么，就只是坐在椅子上，就那样坐着。

也不是做什么都提不起兴趣，她只是不知道做什么。半晌，她才起来换了睡衣，洗了把脸，又继续坐回去。

桌子上的手机在寂静的环境中鸣响了一声。叶凡慢吞吞地拿起来，看见是李皓拉了个群，叫“一号车”。

群里只有三个人，叶凡点开右上角，成员除了李皓和她，另一个头像是一个非常可爱的卡通小女孩，一看就是元梦。

李皓在群里说明早上三点多就要出发，去牛背山，让大家都早点睡。

元梦先是回复了个可爱的表情包，接着就问：为什么简弋不在群里？

李皓：他没有微信，我通知过他了。

叶凡看着消息，有点诧异，这个时代居然还有人没微信，简弋这人真是从头到尾都在践行他的流浪汉准则。

元梦一直在群里和李皓聊天，叶凡把群设置成免打扰，将手机放回桌上，继续发呆。

没一会儿，手机又响起来。

她拿起手机，看见是公司群。

叶凡之前是一家媒体公司的摄影师，工作日常就是不停拍摄各种各样的人。这次她就跟上司说了一声，已经一个多月没上班了。

群里一直在说拍摄计划，也不知道她哪里来的勇气，手指一划，退了群。

世界瞬间恢复了安静。

这次出门，她连不离手的相机都没带，因为还不知道会不会回去。工作什么的，对她来说也没那么重要了。

已经十一点多了，她还是重复每天晚上一样的操作——戴上眼罩，平静地躺在被子里，双手搭在身前，一动不动。

没人知道，眼罩下是一双睁开的眼睛。

此时的眼罩就像是幕布，叶凡借着那片黑暗，努力回想那些忘掉的事物，尽管越想越清醒，但也只能想起来血肉模糊的一片。

眼睁睁地挨到三点。

叶凡起身照镜子，发现黑眼圈越来越重，不由得叹了口气。

李皓说不用拿行李，看完日出还会回来。于是她只是多穿了一层，拿了点可能会用到的东西。关行李箱的时候，感觉手腕有点轻盈。

她扫了一眼，手腕上的绷带松开了，露出了一点红色。

她自己绑不上，索性就把拖着的“小尾巴”一起塞进袖子里。

别人看不到就行。

凌晨三点十五分，准时下楼。车队已经停好车。

叶凡坐上去，车里还很冷，空调没完全暖起来。元梦已经坐在位置上，困得眼睛微眯，头枕在车窗上。

简弋紧随其后上车，还是穿着一身白色的冲锋衣，款式却和昨天不一样了。他倒是很精神，完全看不出有任何的疲倦感。见叶凡看过来，他很小声地打了招呼。

叶凡点头回应。

李皓上车，刚想说话就被简弋按住，简弋还指了指睡着的元梦。

外面的天色还是漆黑一片，只有越野车的大灯亮着。

李皓放缓声音：“咱们一会儿走的路有点颠簸，要是晕车记得跟我说，我这里有晕车药。”

他话音还没落，车就启动了。

大灯照射着前方，只能看到路，叶凡干脆闭目养神，闭眼前还偷偷看了眼简弋。他精神抖擞地看着前面。记起他之前说的，为了雪山而来，所以他这样子倒也不奇怪。

大概要开两个小时，还是在车速很快的情况下。叶凡闭着眼感受路途，很快就到了李皓说的颠簸的地方。

因为是在群山之间穿梭，越野车也不能保证完全的平稳，晃得叶凡都要颠起来了。她皱着眉看了看还在睡的元梦，发现小女孩没系安全带。

叶凡思索片刻，还是轻轻拍了拍她。

元梦茫然睁眼，有点疑惑。

叶凡说："系好安全带，有点颠簸。"

元梦半睁着眼点头，慢吞吞地系好安全带，想继续睡，发现睡不着了，就趴在车门上看着窗外的一片漆黑。

李皓似乎也有点累，他从后视镜里看见元梦醒了，也不再小声说话："咱们聊聊天啊，这太早了，我怕困。"

元梦回道："聊呗，简哥还能帮你看看路。"

一般这种时候叶凡是不怎么参与的，奈何元梦点名道姓："叶凡姐，你为什么来西藏呀？"

"我看了一幅画。"叶凡思索着怎样才能真诚一点，"上面画的是西藏，我就想来看看。"

应该不算是撒谎。

简弋回头看了叶凡一眼，说："好巧。我也因为看了画，不过不是看了一幅，而是很多幅。"

这倒是让叶凡不知道怎么回答了。

元梦坐直："你们都好文艺啊！我是看了个视频，对了，就是李皓哥车队拍的视频。”

“哈哈！”李皓搭话，“我哥们说，现在是互联网时代，多发点视频有客人，真是一点没说错啊。”

元梦一脸认同地点点头。

外面天色已经开始放亮，伴随着聊天的声音，牛背山也近在眼前了。

大早上大家都没吃饭，把车停在山顶的观景台后，李皓从后备厢拿出一个白色保温箱。里面是豆浆，一人一袋。

叶凡不太想喝，盛情难却也只能收下。她正犹豫着应该怎么才能悄无声息地处理掉这个时，简弋走了过来。

叶凡眼睛一亮：“你还想喝吗？我不喝这个。”

简弋看着她恳切的眼神：“你不怕自己低血糖？”

叶凡摇头。

没办法，简弋只能接过近乎被硬塞在手里的豆浆。

叶凡靠在观景台的栏杆上，感受着从山野间吹来的风。虽然天亮了点，但是对于她这个有夜盲症的人来说也是远远不够的。

元梦在另一边大喊着看到了一点雪山的影子，但叶凡一点都看不到，她走到栏杆边都是借助着车灯的一点亮光。

五点多，距离太阳升起还有十几分钟。车队的人把栏杆边都占满了，简弋站在叶凡旁边。

叶凡扭头看他。他的眼睛亮亮的，奇怪的是明明他年纪也不小，却还是有一种执拗的少年感。这种感觉她只在拍摄十七八岁的少年身上看到过。

简弋真的引起了她很大的兴趣，也是短时间内唯一的兴趣。

叶凡出门的时候没扎头发，被吹得满脸都是头发的时候，她有点后悔连皮筋都没带出来。她只能一直伸手把头发拨到耳朵后面去。

身旁的简弋挪动了两下，也不知是错觉还是什么，叶凡觉得山尖的风小了不少，而简弋的冲锋衣传来“沙沙”的声音。

叶凡心想，这哪里是什么流浪汉，明明是一个极有教养和魅力的人。

而且她观察到，第一次见面自己在简弋面前露出了对烟的不喜后，简弋几乎没再在自己眼前抽过烟，甚至车上都没闻到过他身上的烟味。

简弋双手的手肘搭在栏杆上，目光有些涣散，像是在远远地眺望些什么。他白得有些虚假的皮肤在朦胧天色的衬托下，更是有种随时会消失的脆弱感。

叶凡对他的好奇更重了。

一群人等待了十几分钟，天光渐渐亮起，但那传说中的“日照金山”仍然没有出现。

叶凡被风吹得鼻尖泛凉，忍不住摸了摸。

简弋已经帮她挡了几十分钟的风。

旁边有人说：“怎么还不出来？是不是看不到了啊？”

“可惜了……这个天气不给面子啊。”

“我就是为了日照金山来的，怎么办啊？”

就连身边的元梦也有点丧气：“好想看啊，不然白起这么早了。”

已经过了预计的日出时间，天边雪山顶还是一片灰蒙蒙的。叶凡被气氛传染得也有些失望，不过好在天色亮起来之后，她能看到前方的雪山了。

皑皑白雪覆盖在山巅之上，有些灰青色的岩石露出来，高耸的山峦就那样矗立在渺小的人们面前，像那些歌里唱的一样磅礴震撼。

叶凡不知道简弋有没有失望，她微微转头瞥了眼，简弋还是在那个

位置。

他身姿挺拔，闪亮的眸中并没有一丝失望的神色。

李皓在一旁喊道：“未必能看到了！觉得冷的先回车上吧，咱们再等二十分钟就走。”

困顿的元梦先从叶凡旁边走开，拉开车门上了车。

叶凡也有点冷，但是看着简弋并不打算挪动脚步，她也莫名地留在了原地。

也许呢？也许真的能等到呢？

看不到日出的因素有很多，估计是因为头顶的那一片云把太阳的光亮挡住了。

叶凡看向简弋：“不冷吗？”

简弋回头，仿佛在用眼神问，问我吗？

叶凡点头。

“还好，就是想多看一会儿。”

也不知道他为什么对雪山的执念这么深。

叶凡吸了吸鼻子，也转过头不说话，视线的尽头放在了那一点和云接壤的山尖上。

风大了起来，吹得一群留下来的人瑟瑟发抖，又逐渐有不少人回了车上。

简弋仍旧没动。

这风几乎要把叶凡的灵魂吹跑。她把卫衣的帽子套在头上，头发被吹得顺着帽子边向后跑，简弋再也挡不住。

她也有点累，手肘支着栏杆。大理石的栏杆上绑了不少经幡，顺着风的方向快速旋转着，色彩晃眼。

叶凡低下头去数。

一根……

两根……

“出来了！”

一声大喊响彻观景台，叶凡被吓得猛抬起头。

身后接二连三传来关门声和惊叹声，跑步声也大，还有相机的“咔嚓”声和手机屏幕的解锁声。

一束束日光打在了灰蒙蒙的山上，应当是刚刚那一阵大风吹走了头顶上的乌云。那光线像是从天上撒下的金子，璀璨夺目，把天幕和山尖打得金黄，万物的轮廓线终于非常清晰地映在了叶凡的眼里。

她这时候才有点理解这些人的热忱。

其实也不能说她迟钝，因为确实很难把刚刚灰色的山峦和此时的景象联系到一起。

当日出的光彻底照耀着半座山的时候，那山顶像是天上的宫殿一般呈现在众人的眼前。雪粒反射着光，连经幡都被照出了光晕。

“哇！太美了！”

“看到日照金山的会幸运一年！”

会幸运一年吗？叶凡低头微微笑了笑，像是想到了什么，又转头去看简弋。

自己的幸运不敢奢望了，不过其他人应当是会更幸运一些的。

简弋已经站直了，眼都不眨地盯着对面，像是魂魄已经飞了过去。风把他的短发吹开，露出光洁的额头，叶凡还看到他的耳垂上有一颗痣，不明显。

晨光照得他整个人亮闪闪的。

也不是故意要煞风景，叶凡是真的想和这样的简弋说句话。她这么想，也就这么做了：“不拍照吗？”

之前简弋都是要看着人的眼睛认真说话的，这次却动也不动：“不用，都在我脑海中了。”

“你这样说，会让我觉得你脑海里有一部相机。”叶凡开玩笑。

简弋也微微一笑，说：“这就够了。相机会过时，SD 卡会损坏，数据会归零。但我只要还活着一天，脑海中就永远不会忘。”

叶凡想要反驳，说数据可以修复，后来又自嘲地笑了笑。自己这个现实主义头脑，干吗要去打破一个流浪汉的浪漫呢？

如果相机真的有那么好，为何自己现在会对相机百般厌恶？

简弋说得对，还是自己的脑海记忆最宝贵。

叶凡不再想，转回头去继续看雪山。日出已经把整个世界点亮，不知为何，让她有种不舍之情。她想再看久一点，最好一辈子都留在这里。

这个想法出现的时候，她愣了一下，然后记在心里。

其实，这次来，她就是在给自己找归宿。在城市的钢筋铁笼里，她找不到一点动力，毫无指望、毫无作为。

牛背山，算是个好地方。

日照金山持续的时间也只有十几分钟，等天光大亮就完全消散，叶凡也是此时才看到观景台的全貌。观景台正对面是一道极宽广的沟壑，而她以为的大理石栏杆，其实是类似于白玉的颜色。

经幡上面的经文细小，随风飘动。叶凡嘲笑自己，刚刚还数着数量，其实观景台整个后面几乎都是，挂成了一面彩墙，上面记录着来祈福的人们的平安喜乐。

李皓已经在召集大家上车回程，之后还要回到磨西古镇前往海螺沟，要抓紧点时间。

叶凡被风吹得连呼吸都带上了些寒霜，她也回头准备走，身边的人却还是一动不动地盯着雪山上的风光。

“不走吗？”叶凡问。

简弋像是没听到。

叶凡转念一想，如果所有人都上车了，等着简弋在这儿发呆，肯定会尴尬得窒息。她出于善意，扯了扯简弋的袖子，这才让那人回过头来。

“不走吗？”叶凡又问了一次。

简弋低下头，似乎是有些失望地说道：“走吧。”

两个人一起往车那边走。

不知为什么，叶凡在脑海里过了一遍刚刚简弋的眼神。越是靠近，她越想知道他发生过什么故事。他和她见过的太多太多人都不一样。

二十七八岁的成年人，眸光赤诚，洒脱如风，喜欢叫自己流浪汉，却无时无刻不保持着自己的教养。在西藏这个地方，他如同山间的风，身上的脆弱感破碎且矛盾，眼睛里永远带着笑意，却不达眼底。这么多行色匆匆的人，只有他像是在逆水行舟。

这么想着想着，叶凡又觉得自己过于矫情。也许只是一个气质奇怪的普通人，恰好在自己心里不舒服的时候闯进了她的视线，她只是抱着悲观的心态去揣测，并且病态地希望他人和自己一样悲惨。

简弋拉开车门上了车，叶凡也缩着身子坐了进去。

“我们接下来会幸运一整年！”元梦激动地说。

李皓接话：“确实幸运啊，我带这么多年车队了，看见日照金山的次数也多，很少有这种云全给遮住了，最后还能出来的。”

“那就更幸运了！”元梦在手机上翻自己拍的照片，“叶凡姐，刚才你站的地方还有金光，特漂亮，我看你不怎么拍照，就给你也拍了一张。”

闻声，叶凡凑过去看。她就没想着拍照，所以刚才手机都没拿出来。留念什么的，自己记得住就行。

“你看你看！是不是特别漂亮？”元梦把手机递给叶凡。

叶凡接过，第一反应是构图不太好，但是好在意境不错，过了几秒她才想起来，只是旅行而已。

照片如同元梦所说的，很漂亮，画面的背景自然是日照金山，整张照片带了点黄色调。叶凡位于照片的左下角，穿着白色的卫衣，帽子也兜在头上，凌乱的碎发飘着，眼神不知为何带了点迷茫。

她身后还有一片白——是简弋。

元梦没有拍到简弋的脸，只有一身白色冲锋衣出镜，在镜头里，他和叶凡似乎靠得很近。

叶凡看过后把手机还给元梦：“谢谢，很漂亮。”

元梦得意扬扬地道：“那我微信发给你，不愧是我呀。”

叶凡点点头，微信消息到达的时候点了保存，心想，说不定这是自己的最后一张照片。

之后的路程上，元梦缠着李皓讲故事。叶凡终于有点困意了，靠在车窗上半眯着眼，听李皓讲千奇百怪的事。

“叶凡姐好像睡着了。”元梦小声提醒。

“没事。”叶凡睁眼，“我在听呢，不用怕吵到我。”

李皓继续讲，叶凡还是闭目养神，简弋从上车就开始睡，还让他们正常聊天。李皓的故事讲到精彩之处的时候声音大了些，简弋都没醒。

叶凡顺着缝隙偷偷看了简弋两眼，满心羡慕。

回到磨西古镇都已经八点多了，其他人去房间拿行李，只有简弋没下车。还真如他所说，只有一个背包。

电梯下行，叶凡的行李箱拖起来费力，走得慢了不少，别人都出去之后，她才往外走。电梯门刚好在她经过的时候开始合拢。

这时，一只手伸出来，挡了一下，吓了她一跳。叶凡抬起头看，是简弋。

“……谢谢。”

看他似乎是要上楼，叶凡有点疑惑，但也没说话，在他的帮忙下把行李抬出来。

简弋似乎是看出来了她的疑惑，说：“我有东西忘在房间了。”

叶凡装作原来如此的样子，点头。

把行李搬到车上，叶凡觉得有点累，就在车门旁边呼吸新鲜空气。她什么都没做，只是靠在车门上发呆，还时不时看看自己的手腕。里面的绷带散了，她怕伤口蹭到袖子上。

简弋就是在这个时候下来的。他顺着光走来，手里还拿了一本书。

叶凡了然，他忘掉的应该就是这本书，上面的书名被简弋的手遮了一半，前面两个字勉强能看出来是“飞鸟”。

应该是本《飞鸟集》。

想不到，他那只不大的包里，居然还能塞下一本书，原来流浪汉也有自己浪漫的诗歌。

叶凡看在眼里，没打算说什么，继续发着呆。反倒是简弋走到了她的旁边，问道：“我刚刚好像看到你的绷带散开了，要帮忙吗？”

应当是刚才她举着手腕的时候被看到的。

叶凡不想再麻烦别人了：“没关系，不用的。”

正常来说，听到这话的人应当就此放弃，谁知道简弋又问道：“那我换个问法。我想帮你一下，可以吗？”

叶凡愣住了，抬头看着面前的人。

两个人对视。

半晌，见他不移开视线，叶凡只好点头。

简弋笑了笑，把书递上前：“可以帮我拿一下吗？”

叶凡接过来，把书用另一只手抱住，随意地看了一眼，确实是《飞鸟集》。她受伤的手已经被简弋抬起来，袖子挽上去了一些。

他微微低着头，十分认真地把绷带取下来，理平整后重新绑上。

周围的人都吵吵闹闹的，唯有他们安安静静地包扎，叶凡总觉得气氛有点古怪，想要找个话题。她看了眼手上的书：“怎么还带了一本书？”

简弋头也不抬，还在专心致志地整理：“我是个诗人。”语气里带着玩笑意味。

“不是流浪汉吗？”

包扎好，简弋轻轻地把最后的结绑紧：“谁说流浪汉不能当诗人了？好了，千万别沾水。”

文艺且肉麻。

叶凡只是笑了笑。他说得也对，流浪者也会有自己的诗，他的《飞鸟集》一看就是翻阅过好多次了，因为保护得再好也会有些古旧感，封面也像是好多年前的款式。

叶凡小心翼翼地把书递还给他：“还给你，流浪的‘泰戈尔’。”

“泰戈尔”听了一愣，笑起来，比阳光还明媚：“谢谢你，懂行的人。”

第三章

海螺沟

海螺沟的景区入口就在磨西古镇上，车队的车进不了景区，所有人在门口下车。李皓挨个发票。

要坐一个小时左右的观光车上山到干河坝，叶凡找了个靠窗的位置坐下，元梦跟在她身后，顺势坐在了她的旁边。简弋和李皓坐在一起。

车上几乎都是车队里的人，大家似乎在昨天的温泉里熟悉了，聊得很开怀。

叶凡看着窗外，格格不入的。

元梦和别人讲完话，似乎是看出叶凡无聊，问道："叶凡姐，你手腕上怎么回事啊？你偷偷跟我说说，我不告诉别人。"

叶凡没想到会被问，一时间神情有点不太自然。

元梦又接着说："我这么问是不是不太好？姐姐，你要是不想说也没事。"

叶凡哭笑不得："真的是不小心弄的。"

元梦觉得她没说实话，叹了口气："一定要保护好自己呀！"

"没什么大不了的。"元梦笑眯眯地说，"我偷偷跟你说，我的病其实挺严重的。从初中确诊，我就再也没出过西安。这次跟家里吵了一架才出来，每天都要给他们打十几个电话。

"做治疗可疼了，我能逃个十几天真幸运。

"我那个主治医生也是，整天黑着脸训我。我和他相处快十年了，从我小时候他就训我，跟我爸似的。"

小姑娘似乎是想到哪儿说到哪儿：“上次我自己作死，病危了，和病友聊天，我说能活一天是一天，多好嘛，然后医生说我传播坏情绪。

“我哪有坏情绪？我明明这么乐观可爱、天真开朗。”

叶凡不知道该如何作答，但至少不能够可怜她。听着她絮叨，叶凡笑着点头：“能活一天是一天，很好的道理。”

元梦也附和：“是吧是吧。我看到家里人哭丧着脸就糟心，我现在活得好好的，还有纸片人老公呢！”

“纸片人老公？”叶凡觉得自己和她的代沟有点大，“那是什么？”

说到这里，元梦更来劲了，拿出手机给叶凡看：“就是恋爱游戏啦！我不能恋爱祸害别人，所以就和数据谈恋爱好啦！这样就没遗憾了，嘿嘿嘿。”

叶凡心想，这样的好事自己怎么没早点知道。早知今日，当初自己说什么也不会谈恋爱的。现在光剩下情绪，连自己当初怎么想的都给忘了。谈了好多年，最后连一张脸都记不住。她觉得自己就是个害人害己的害人精。

元梦还在继续给叶凡看她的各种“老公”，讲了一会儿自己反而困了：“叶凡姐，我眯一会儿，下车了叫我可以吗？”

叶凡点头：“好。”

这段车程也不支持他们深睡，一个小时不到就到了干河坝。

叶凡轻轻叫醒元梦，和她一块儿往车外走。叶凡一眼就看到站在前面的简弋，他似乎还有点没睡醒。

元梦先走过去：“接下来呢？”

李皓站在原地：“再发个票，咱们坐缆车到上面去，都清醒清醒，别掉队啊！”

一群人又浩浩荡荡地排队坐缆车。叶凡之前不知道还有这一项，浑身血液都凉了，她连铁索桥的高度都怕，更别说是坐缆车了。

元梦扯了扯她的手臂：“姐，没事吧？”

叶凡觉得自己也不能扫兴，也许这次就没那么怕了呢？她朝元梦点点头，示意自己没事，倒是吸引了简弋的目光。

排队上缆车，一个厢里坐四个人。李皓要先上去等大家，没跟他们一起走。所以叶凡这一个厢里面只有三个人——

元梦、简弋，还有叶凡。

缆车是运行的，需要他们快步上去。刚进到缆车里，叶凡就开始心慌，霎时间脸色都白了。

元梦照顾她，把正对着山顶的位置让给她，却没有多大作用。光从四面的玻璃透进来，叶凡感觉自己无法呼吸，紧闭着眼。

她心跳得极快，在她眼前的仿佛不是贡嘎山脉，而是上海的二十六楼阳台。一个看不清脸的人影从她面前飞速坠落，柏油路面像是让重力都增大了一般，带动着叶凡向下跳。

突然，这些幻觉都被打破了——头顶被什么东西罩住了，柔软中还带着干净的洗衣粉香味。一只小手伸过来，用力地攥住她的手，把她恐慌的心思拉回来了大半。

元梦的声音在黑暗之外响起：“姐，别怕，我拉着你呢。”

叶凡终于有心神来关注当下。头顶罩下来的应该是一件衣服，从摩擦的声音来判断，很可能是简弋的那件冲锋衣。

原来是这个味道，竟然一点烟味都没有。

元梦的手温暖有力，叶凡的幻觉消失，恐惧变小，身体的僵硬也缓和下来。她虽然还是害怕，但大多数的精力都在猜测还有多久能到。

所幸，坐缆车的时间并不长，在到达平台的时候，叶凡感觉到另一只手拉住了她。那只手是冰凉的，很大，包裹着她。

叶凡被轻柔地拉起来，与此同时，她听到了简弋的声音：“走，抬脚。”

这一抬脚往前，叶凡知道自己落地了。头顶的衣服被拿开，她第一眼看见的是元梦的脸，元梦正关切地看着她。

她勉强笑了笑，示意自己没事。

元梦露出松了口气的表情。

叶凡又回头，看着正在穿外套的简弋：“谢谢。”

语气非常由衷。

“没事。”简弋摆摆手，“等会儿下山的时候再借给你。”

叶凡刚想拒绝，就想起来自己刚才是真有窒息的濒死感和不由自主的挣扎。她是想找“归宿”，但也不希望是在一辆小缆车里面。

元梦见她缓过来，说：“姐，你刚才吓死人了，额头全是汗，闭着眼睛像是呼吸不了一样，我们说什么你都听不见，还好简哥有办法。”

叶凡都不知道刚刚有人叫她，此时有点愧疚：“谢谢。”

“没事没事。”

李皓已经在前面召集大家，三人走过去。叶凡从包里拿出纸巾擦汗，听着李皓说：“一会儿可以先去看四面佛和金刚塔，很灵的！然后再去冰川那边。

“大家自由行动，两个小时之后咱们还在这里集合！别忘了！”

他话音一落，一群人迅速散开。

元梦抱住叶凡的胳膊，说：“简哥，咱们一块儿呗。”

这种肢体接触让叶凡非常不自在，但也不好说什么。

简弋点头。

往上走不远就是四面佛所在的地方，有信徒在拜，庄严神圣。佛的风格和平原地区不一样，周身挂着经幡。

元梦提议：“咱们也去许个愿吧？”

叶凡没什么愿望，又不想煞风景，就跟着过去了。

她看着元梦十分虔诚地跪在地上，磕了一个标准的头，双手合十，嘴上念叨着什么。

她也跟着一起做，只不过外表虔诚，脑内却是空空的。佛祖要保佑她一些什么呢？她这个人现在就是一摊烂泥，没期待没未来的，估计神佛看见了她都要叹口气，说上一句“可怜”。

她比元梦先站起身。

简弋没拜。

“你不许个愿吗？”叶凡问。

“没什么愿望啊。”简弋看着远处思考，“现在这样好像就很好。”

“一点都没有吗？比如姻缘、发财……”叶凡似乎不相信，“或者自由自在？”

她敏锐地发现，说到最后那四个字的时候，简弋的眼眸微微闪了一下。那光芒仅有一瞬就归于自然。

“我已经够自由了。”简弋笑了，“甚至不会更自由了。”

叶凡觉得他是回想起了什么，笑意不达眼底。

她心想：自己永远哪壶不开提哪壶。

她也收了话音。

“你许了什么愿？”氛围寂静的时候，简弋突然开口。

叶凡被问得一愣，回想一下似乎也没必要撒谎，说：“我没许，我也没愿望。虔诚和许愿不相干的。”

简弋笑了两声：“你说得对。

“虔诚是人的必修课，愿望不是。”

觉得他说得云里雾里的，叶凡就当表面意思理解了，她实在跟不上这位“诗人”的思想深度。

元梦磕完头上了香，也听见了这句话。

“不对吧，简哥，人肯定是因为有愿望才会虔诚吧？”

简弋笑眯眯地道：“也没错。不过有愿望的人太多了，即使求而不得，也会变得虔诚起来。我就不给佛添乱了。

“……我没什么想要实现的。”

元梦被他绕得有点晕，干脆放弃话题：“那你信佛吗？”

“信……吧。”简弋回道。

叶凡在一边笑着看两个人完全不在同一频道的对话。

元梦有点纳闷：“信就是信，不信就是不信，‘信吧’是什么意思？”

元梦又问：“姐，你呢？”

冷不防被叫到，叶凡嘴角微微的笑意还没收回去。她思索两秒，说：“信吧。”

“什么嘛！你俩是不是在逗我玩呢？”小姑娘有点不服气。

换来了简弋的笑声。

“走吧。”叶凡适时开口。再聊下去，她也找不到话题了。

之前就听人说，如果有朋友自来熟或者擅长说话，那么自己身边的氛围也会变得非常温暖。当时叶凡不太理解，现在算是知道了。

从小到大，她就是一个不善言辞的人，别人十句话可能得不到她一句。短短两天还能跟元梦聊聊，真是不错。

四面佛之后就是金刚塔，是独特的藏区风格。

元梦一直抱着叶凡的手臂走，叶凡无奈，却也没办法。

金刚塔下拜的人比四面佛那边少了不少，听说喇嘛塔是会带来好运的，许多人走过去都要摸上一摸。白色的塔身有金色点缀，肃穆庄严，看上一眼就会平静下来。

元梦也去摸，叶凡不想走过去了，就在原地站着。

“不去摸一下吗？”她身边的简弋说，“就算没有愿望，也可以去沾沾气息。”

“你怎么不去？”叶凡没有别的意思，就是单纯地反问了一下。

简弋双手插兜，做出思索的表情，回道：“我看着就行，这样也有气息给我沾。”

这话真的把叶凡逗乐了，她莞尔一笑：“也是类似照相机理论？”

“不，这是诗人的文艺理论。”

简弋把手从口袋里拿出来，用双手的食指和大拇指拼成一个方框，把面前的景色框进去，嘴上还在模仿“咔嚓”声。

他这动作突然，把叶凡吓了一跳，反应了好一会儿。

等叶凡真的露出了点笑，简弋又平移手臂，对着叶凡“咔嚓”。

叶凡愣住了。

“多笑笑吧。”简弋两手分开，右手食指点在自己的太阳穴上，“我都记住了。”

“难道我不经常笑吗？”叶凡疑问道。

简弋摇头：“没有啊，从昨天第一次见面开始，你除了说话的时候会装着笑笑之外，其他的时间里都苦大仇深的。多笑笑吧，没有什么坎过不去。”

他又开启了他的劝说模式。

叶凡心里一咯噔，不否认简弋说的是事实，但是“没什么坎过不去”这一句她不能认同。

人的一生，就是在经历数不清的一个又一个坎，而死亡是最后一个。途中有人半路被绊倒，双腿断了，就停在原处了，这是再正常不过的事。

叶凡现在就是“断了双腿”来到的西藏，被绊倒之后要留在哪里，至少还能有自己的选择。

不知道为什么，叶凡总觉得简弋说的这番话曾有人说过，很熟悉。

简弋见叶凡愣愣地站在原地，伸手在她眼前挥了挥：“怎么了？”

叶凡回过神来：“没事，我苦大仇深可能是因为没睡好，认床吧。”

她再一次撒谎了，眼神不自觉躲闪。对面简弋的表情像是在告诉她，其实他能看出来，但她不希望来到西藏还要提起过往，没必要。

元梦从那边回来，兴冲冲地道：“叶凡姐姐，你快握握我的手。”

这一声打破了尴尬的氛围。

叶凡一头雾水，伸手抓住元梦热乎乎的小手，满脸疑问。

元梦拉着她：“我把摸到的好运分给你一点啦！简哥，你要吗？”

想不到是这个答案，两个人都愣了一下。

简弋摇摇头拒绝了。

叶凡收回手的时候还有点恍惚，好像自己常年冰凉的手都有了点不同往常的温度。

接下来就剩下海螺沟里的最后一个景点，一片冰川。

元梦一边走一边说：“其实看冰川三月份是最好的，旺季来的话会化出一些浑水，没有现在漂亮。”

叶凡想象不出，简弋倒是认真地点了点头：“所以才三月来。”

直到来到那壮阔的冰川面前，叶凡才知道自己的想象力是有多么贫瘠。

这片冰川像是从天边直下的冰梯，又像是冻住的天河，在天气晴朗的时候反射着盈盈光芒。下面的小湖也冻着了，天地一色。

叶凡震惊了，呆呆傻傻地站在原地。冰川带给她的震撼远超过早上的日照金山，此刻，她甚至觉得自己的身体也要被染上冰川的颜色。

元梦蹦蹦跳跳地到处拍照，简弋依旧和叶凡站在原地。

不知道为什么，叶凡直视着眼前的一切，就有想流泪的冲动。

简弋在她旁边说：“真想一辈子留在这种地方。”

叶凡非常认同，不过不要一辈子了，就现在也很好。她控制不住地往前面走，被简弋一把抓住手腕，还不小心抓到她受伤的那一只，疼得她“咝”一声，回了神。

简弋迅速松手：“抱歉。”

叶凡很疑惑地看着他。

“我觉得你的眼神很眼熟，不过我认为我还是得拦一下，没反应过来抓到你这只手了。”他解释得清晰。

“眼熟？”叶凡停住脚步，也想到自己刚刚在想什么，“为什么？”

简弋回道：“我以前有一段时间也总这样。回头看看，不太值得。”

两个人的对话外人听不懂，叶凡却是一句不漏地听懂了。

简弋看懂了她要做什么，伸手阻拦。毕竟这里没有护栏，再往前走不一定安全。

“放心吧，我就是被光晃得有点晕。”叶凡依旧嘴硬，没有任何人能揭她的旧伤疤。

简弋点头：“注意安全。”也是一副了然的样子。

“往那边走走吧。”叶凡转移话题。

“好。”

才走出几秒钟就感受到了气氛的尴尬，叶凡思索了下，还是要多说话，遂开口：“你为什么没有微信？”

“准确地说，我连手机都没有。”

叶凡不太相信：“那你怎么活啊？”意识到自己用词不是很恰当，她赶忙改变方式，“你不会觉得不方便吗？”

简弋没看她，摇摇头：“我觉得这样很好啊，我不缺钱，用钱只要有提款机就行。而且，没人打扰我，没人控制我，我很自由。”

叶凡精准地抓到关键词“控制”。他到底是经历过什么，才能说出“控制”这个词？

她这么想，也这么问了：“为什么叫控制？”

简弋摸了摸鼻尖：“我用词不当吧，就是表示我很自由。”

他明显撒了谎，叶凡也不拆穿。才认识两天，没必要有过多的交集，刚刚的聊天也是基于缓和气氛，而且她没有刨根问底的习惯。

这十几天过去，最后都会分道扬镳，没必要因为别人不想提及的故事来给人添堵。

只有两个小时的时间，叶凡他们之前已经在四面佛那边用掉了不少，之后所有的分秒都被用在了看着冰川发呆。

元梦早不知道跑到哪里去了，简弋和叶凡在原地等。

其实叶凡并不喜欢这样的单独相处，不是熟悉的人，没有话题可聊，时时刻刻站在一块儿，尴尬又奇怪。好在冰川也没有什么特别好玩的，元梦没过一会儿就跑了回来。

她兴奋地说：“太值了！我这趟回去之后，可以跟我的病友炫耀，我也是来过西藏的人了！”

叶凡莞尔一笑，果然还是个小孩子。

下山的时候，还是沿袭着上山的“配置”，只是这次都不用说，简弋直接把外套套在了叶凡的头上。元梦和叶凡坐在一块儿，死死抓着叶凡的手。

下山的缆车比上山恐怖不少，窒息感导致叶凡从轿厢里出来后还是头晕目眩的。被元梦扶上了大巴车，叶凡强忍着想吐的感觉，闭着眼靠在车窗上。

李皓坐在叶凡前面，十分惊讶地回过头，手搭在大巴车座椅上：“这是怎么了？”

叶凡实在是没有说话的力气，还是元梦替她回答的：“叶凡姐恐高，坐缆车吓到了。”

李皓看着叶凡的状态急得不行，从包里拿出来一瓶没开封过的水递过来：“喝口水缓缓，这个缆车也不算太高啊。”

想吐的滋味让叶凡什么都说不出来，她总觉得要是真的喝了水会更难受，于是虚弱地摆摆手，表示不用。

见她脸色苍白，李皓颇有些懊悔：“之后再有高的地方，我提前跟你说下吧，到时候你自己琢磨着要不要上。”

叶凡表面点头，其实心里在想：已经排除万难来了，再高又能怎样？

大巴车在盘山路之间晃悠，朝着景区大门的方向前进。

元梦焦急地看着还没有好转的叶凡，让叶凡靠在她肩上，只不过也被拒绝了。

叶凡正在努力消化不适的时候，听见了简弋的声音：“我这里有薄荷糖，你吃一颗。”

她睁开眼，看到简弋只是转过身，从座位的缝隙塞过来一颗糖。其实她是想要拒绝的，但是看着元梦担心的眼神，不好意思推却，于是慢慢伸手接过。

撕开糖纸的时候，她的手都在抖。

薄荷糖非常清凉，一入口就像是雪山上的冷风在她口腔里爆开，本来晕得不行的头脑也被刺激得瞬间清醒了点。因为之前没有恐高，她也不知道自己会这么严重，得到缓解之后才懊悔地闭目养神。

大巴车停在景区大门前时，叶凡也清醒了大半，只是腿还有点软。

元梦扶着她一步一步地走。

李皓跟在旁边：“真能行吗？要不找人背你？”

叶凡讨厌麻烦别人，马上摇头。

李皓是不能背人的，他还得带着大部队找路，所以最合适的人选就只有简弋。叶凡一想到简弋那么瘦，什么念头都打消了。

只是下一秒，她就迷迷糊糊地觉得自己像是飞起来了一样。等到缓过神来，她已经在一个充满洗衣粉味道的人的背上了。

太阳光暖洋洋地打在脸上时，明明是最普通的洗衣粉味道，叶凡愣是闻出来了一股刚才的薄荷糖味。她担心简弋背不动她摔倒，只能用双臂搂住简弋的脖子。

不用自己出力气，确实轻松了不少，被简弋背着走出去好几米她才想起什么来：“谢谢。”

“没关系。”简弋把她往上颠了颠，“看你刚刚都要倒下了，实在是不能让你自己走。没吓到吧？”

叶凡摇摇头。只是为了不亲密接触，她的背是挺直的。

元梦在侧面帮忙扶着，问：“姐姐，你这恐高这么严重，怎么没去看医生？”

叶凡有点无奈：“我以前没有，恐高是最近才得的。我自己也不知道会这么严重。”

小姑娘说话自然不会婉转，几乎是叶凡话音刚落，她就接上了一句：“最近？最近发生了什么吗？”

叶凡不想说，又找不到好的办法，为难地靠在了简弋的背上，装出特别难受的样子。

元梦见叶凡这样也就不说话了，反倒是出力的简弋轻轻笑了声，连带着叶凡也震动了一下。这时候叶凡才觉得，简弋肯定是能看出来什么的。

简弋一直把叶凡背到了车上。一上车，叶凡就靠着车门闭上眼睛，一是真的难受，二是不想让元梦问东问西。

发动车辆的时候，李皓从后视镜看了她一眼：“我慢点开，你要是不舒服就说啊。”

叶凡小声回道：“谢谢。”

音响里的音乐一改之前的激昂，被李皓换成了和氛围格格不入的情歌。叶凡闭着眼，和缓的音符一点点飘进她的耳朵，居然渐渐有了久违的困意。

车上了国道之后，她竟慢慢睡着了。

“姐姐，醒醒。”

叶凡是被元梦晃醒的。

这一场睡眠也不知道持续了多久，她一睁眼就看到元梦担忧的眼神，她还有点疑惑。

“姐，你做噩梦了吗？刚刚你哭了。”

确实是做梦了，叶凡伸手试探眼角，是有一点湿润感。她顿时对自己感到有点无语，也不知道有没有失态。

见元梦还在担忧地看着自己，叶凡说自己没事。

车是停着的，车上只有她和元梦两个人。她刚睡醒，声音还有点沙哑：“他们呢？”

“停服务区休息一下，他们下去呼吸新鲜空气去了。我在这儿陪你呢。”小姑娘笑得灿烂。

叶凡转头往窗外看，确实是在一个服务区。垃圾桶旁边围了很多在抽烟的人，她一眼就看到了人群中的简弋，他面向着下午温柔的太阳。

元梦在她耳边问：“姐，你要不要下去？”

“我不下去了。”叶凡还有点没缓过来。

“那我下去走走，你自己缓一会儿。”

叶凡点头。

叶凡其实不是很想说话。她拿出手机看了一眼时间，这一觉睡了四个小时，几乎是她近来最长时间的睡眠了，只是还是被梦侵扰。

那梦也不是什么噩梦。

她靠在车窗玻璃上，盯着垃圾桶旁的简弋发呆。

梦里也有一个男人，看不清脸，穿着一身白，但叶凡知道，那是她死去的男朋友。两个人就在海螺沟的冰川前，笑眯眯地谈天说地。数次，她都想靠近一点，想看清对方的脸。可是那团迷雾就像是诅咒一般，长久不散。

她听到那个人对自己说：“接下来的风景更加漂亮，一定要坚持到终点啊。”

话音一落，都没等叶凡挽留，那人就如同一团雾飘远了。她拼尽全力奔跑、挽留，可是天地之间就只剩下她与遥远的冰川沉默对视。

那些眼泪，也不知是如何落下的，那看不清脸的男人的身材和简弋几乎一模一样。叶凡看着简弋不急不缓地把烟掐灭，还找了个风口吹风。隔着窗户，她仿佛都能听到冲锋衣被吹动的声响。

他应该是想把身上的烟味吹散。

叶凡自嘲地笑了，也许简弋和前男友就是很像，要不然为何会有那种熟悉感呢？只不过也不知道自己到底什么时候才能够想起来，等到真的全部想起来的时候，一切都该结束了吧？

不过，她笃定地觉得，自己是没有来过西藏的。梦到西藏路上的风景，应该只是触景生情。

她的沉思没有进行多久，所有人都上了车。

李皓看到她醒了，问道：“醒啦？还好吗？”

“已经没事了。”叶凡抱歉地笑了笑。

“要是不舒服就跟我说啊，之后上了高海拔的地儿更难挨。不过恐高和高反没什么关系，你也不一定会高反。”

车门声响，简弋也上车了，看见叶凡醒了他还愣了一下。

元梦上车的时候手里拿了两根棒棒糖，拆开糖纸，硬塞给了叶凡一根。

叶凡说了声“谢谢”，把糖放进嘴里，是好多年都没怎么吃过的草莓味，甜得人心慌。

“咱们一会儿就到折多山了，刚才发吃的时候你没醒，后座有吃的，先垫一下，之后吃饭要晚上了。”

叶凡点点头，没去拿面包。

车程不远，很快就到了折多山旁。折多山不是很高，下车之后迎着风没一会儿就走了上去。

走上去之后，叶凡才知道之前看到的所有经幡跟这里的对比起来都是小巫见大巫。

这里的经幡已经快要形成一个阵形了，一眼望不到头，覆盖着整个山顶。风吹得经幡“猎猎”作响，上面寄托着数不清的虔诚。

旁边有穿着藏服的人在卖全新的经幡。元梦拖着叶凡去买，想要自己挂一个。简弋就跟在她们身后，也不说话。

叶凡是不太想买的，她没什么兴趣。

不过卖经幡的人很会说话，他说：“挂上经幡可以放下执念。”

冥冥之中就戳到了叶凡的点，最后都不知道为什么，她还是掏出手机付了款。

简弋仍然什么都没做。

叶凡和元梦走到经幡阵的中心，分别把自己手中经幡的一头系紧，元梦拖着自己经幡的另一头跑出去，脸上的笑和好奇盖都盖不住。

叶凡则是慢慢吞吞地走，在一个她觉得合适的地方挂好经幡的另一头，随后双手合十，心里念叨着，希望是真的。

她回到简弋身边的时候，简弋正扭头看别人。

有人站在风口的地方，手里拿了一沓隆达，撒出顺着风飞的漫天“繁花”。

简弋问道：“你不是送了我一沓，我们也撒一下？”

叶凡想都没想就点了头。

元梦早就不知道跑哪儿去了，只剩下他们两个人往风口那边爬。

到了位置，叶凡从口袋里拿出隆达，愣愣地看着，有点犹豫，好像撒出去就不会再捉住了。

简弋倒是什么都没说，伸出手恣意一扬，漫天的五色隆达就随着风飘远了。

叶凡看着他，感觉他好像什么都不在乎。

简弋回过头和叶凡对上视线：“不撒吗？”

叶凡反应过来，手掌向上伸出去，任由风把纸片从手掌心席卷离开。

“这些风真好啊。”简弋的声音传过来，“想去哪儿就去哪儿。”

“你也可以想去哪儿就去哪儿啊。”叶凡的语气里带上了自己都没察觉到的羡慕。

简弋反倒是摇摇头：“我没有，我只是一时间逃跑的飞鸟。像《飞鸟集》里一样的，‘飞到我窗前又飞去了’的飞鸟。”

叶凡再次肯定了自己的想法，他是一个诗人，永远活在自己的浪漫中，没有烦恼，没有悲伤。

她不禁感慨：“真羡慕你。”

“为什么？”

“虽然你觉得自己不够自由自在，但你在我眼里的气质，就像这些风一样，带着隆达越飘越远。虽然才认识两天，但我总觉得你很神秘。”

简弋笑了：“流浪汉当然神秘。”

也不知道为什么，两天的时间，叶凡觉得自己听到了无数次“流浪汉”这个词。虽然窥探别人的隐私很不好，但她还是问了：“为什么叫自己流浪汉？”

简弋回道：“可能因为流浪的生活是我的梦想，或者因为这样说比较酷吧。看你的理解，你觉得应该是什么原因，那就是什么原因。

“毕竟，流浪的人不需要传记。”

叶凡也笑了笑，虽然这话换成元梦来听可能会被刨根问底，但她已经理解——我的往事不重要，别人怎么看我，我就是什么样的。

换而言之，这是比叶凡撒谎高明得多的推脱。她是聪明人，听到这一番话自然也不会追问，继续看着远处飞翔的隆达越飘越远。

谁说不需要传记呢？这每一张纸片都写满了传记，只是往来的人看不懂，也不必看。

“它们会飘很远吧？”叶凡喃喃道。

“那样也挺好，飘到哪里就停在哪里，永远没有目的地。”简弋笑了。

叶凡疑惑地看着身边的人。因为脚下的石头，简弋站得比叶凡稍微高一点，叶凡看不到简弋的表情。

她突然有点心慌，因为这样来看，这个身影和梦中的几乎是分毫不差。

到底什么时候见过呢？叶凡不知道。只要在人群中，她总是能第一眼看到简弋，似乎这个人天生就能够抓住她的目光一样。

许是印象太过深刻吧，他才会代替那个已经离开的人出现在自己的梦中，对自己潜意识想听到的话进行复述。

叶凡收回了目光，望着远处。那人说，要到达终点。这里似乎也可以作为终点的下一站。

叶凡偷偷在心中又加上了一个地名：折多山。

随着隆达一起，尘归尘，好像比冰川和牛背山浪漫了不少。

“你们在这儿干吗呢？”元梦的声音传过来。

叶凡和简弋已经在风口处发呆了几分钟，回头一看，元梦正费力地往这块石头上爬。叶凡生怕她摔倒，伸手把她扶上来。

“我们刚刚撒了隆达。”叶凡回答。

“隆达！在哪里买的？我也想玩！”元梦一听到这种没尝试过的活动就开始兴奋。

“在磨西古镇买的。”

“啊？早知道我也买点了。”似乎是有点失望，元梦低了低头。

叶凡看了不远处一眼：“那边也许有卖，过去看看吧。”

小姑娘一下子就变得开心了，话也没说，蹦蹦跳跳就去了。

叶凡远远看着她的背影，觉得自己现在一定很“慈祥”。

“真好。”叶凡不由自主地感慨。

简弋点点头：“嗯，希望她身体健康。”

叶凡回头：“你也知道了吗？”

“你们当时在车上聊天，我不小心听到了，抱歉。”

“没事。”叶凡摇头，“她真的很开心，也被保护得很好，像个小太阳一样。不过……我们在这儿说元梦是不是不太好？”

简弋笑了：“是有一点，不过我刚刚帮她许了个愿望，所以说就说吧，就当作愿望的代理费用了。”

等到元梦抱着好几沓隆达回来，叶凡都被风吹得有点发抖了。陪着小姑娘撒完，三个人一起往下走，回到了车上。

上车之前，叶凡还回头看了一眼折多山。山上的阳光被云层遮住了，好像是因为他们的离开，再次封闭了自己一般。

她看了眼时间，刚刚下午两点多，天气就有点阴下来。

李皓也上了车，打了个哈欠：“还真是有点困，等我喝杯咖啡咱们就出发。”

车座上放着一本行程书，叶凡顺手拿过来看了看。下一站是新都桥，这个地方她不可能不知道了，因为这里被誉为摄影师的天堂。只是可惜，她连相机都没拿。

一路上，李皓怕困，一直在跟元梦说话。叶凡也睡不着了，时不时被点名加入聊天中说两句。简弋倒是睡得很沉。

到新都桥的时候，已经是黄昏时刻。

叶凡的词汇贫乏，只能在心里想，不愧是摄影师的天堂，不管站在哪里，构图都是完美的。

她甚至已经开始在脑海中描摹，如果有一个少年，穿着藏装，奔跑在新都桥的草地上，天空很蓝，少年如风，一定是绝佳的作品。

职业病犯了。

这里其实就是让大家拍照，也没什么真正游玩的地方。像叶凡这种不想拍照的人，就坐在初春的草地上，抬头看着远山和夕阳，感受着时间一刻不停地前进。

她坐了没一会儿，就感觉自己身边好像有什么声音。

她转头一看，是刚刚不知道走去哪儿的简弋在她旁边自然地坐下，又改变姿势躺下，手枕在脑后，看着天边的云。下垂的眼角，让他看起来总是温柔的。

叶凡猜测他是找了地方抽烟，等到味道全部散尽才回来。她思索了一下，说：“其实你抽烟不用躲着的，我不介意。”

“我不想让别人闻到二手烟。”简弋回答，“之前呛到你那次，抱歉。”

“没事。”

越相处，叶凡就越觉得简弋的家世一定很好。他不管做什么，举手投足间都有一种贵气，而且不给别人添麻烦，不卑不亢，教养极好。

“地上凉吗？”叶凡问。

简弋说：“凉。但是好不容易来一次，躺一会儿也没什么。”

听他这么说，叶凡也躺了下来。她笨拙地学着简弋的姿势，双手枕在脑后，眼眸中充斥着天空的颜色。只不过有一束光刚好打在这个地方，非常晃眼，叶凡把一只手挡在眼前。

“哈哈哈。”简弋在笑。

叶凡有点不服气：“你不觉得晃眼吗？”

“晃啊。”简弋故意学她的样子，举起一只手，“但还是想看。”

其实就是染上暖橙色的天幕，叶凡也不知道有什么好看，在她眼里还不及躺着的草地。经过简弋这么一说，她慢慢把手挪开，想看一下，结果眼睛被晃得都出现重影了。

简弋又在旁边笑了。

“我不看了。”叶凡颇有怨念。

“你闭上眼。”简弋语气里还带着笑意，“感受一下草地。”

叶凡听话地闭眼，光打在了眼皮上，暖洋洋的。身后的草地还带着点湿润的触感，软软的，仿佛云层托着她。

“白衣服怎么办？”叶凡虽然这么问，但是语气里一点都不着急。

“管它呢。”简弋回答。

他这么说，叶凡也就不管了，闭上眼，在脑海中描摹天空的颜色。

半晌，她说：“永远能留下就好了。”

“不可以哦。”简弋的声音传过来，“终点还没到。”

又是终点……叶凡不说话了。

终点到底在哪儿呢？他说终点，“他”也说终点，是巧合吗？还是上天真的想要告诉她什么？

“如果真有终点的话，什么时候才能到达呢？”她这么想，也这么问了。

简弋语气温柔：“永远不会到达的。总会有一座雪山在前面，我走多久也追不上。”

“你是很喜欢雪山吗？”

“是啊。”他像是长舒了一口气。

“那为什么不去冰岛，不去北极呢？那里四季都有雪，绝对满足你的要求。”

“那里都有海啊……”简弋是笑着说的，“有海我不喜欢，我会溺水。”

“也对。”叶凡不知不觉间被带动得也是笑着说话的，“就像我怕高一样，反正我不会在珠穆朗玛峰安家。”

这就是开玩笑了。最后也不知道是谁先开始，两个人都笑出了声。

叶凡后知后觉，自己似乎在这个时刻真的非常放松，脑海里也不会出现不想回忆的事。

好像这两天，在简弋身边都还不错。这人一直有种洒脱劲，感染得她也洒脱起来，什么都不想。

“谢谢。”她说。

“谢什么？”简弋躺够了，坐起来。

“没什么，就是感觉心情好了不少。”

“那不是我的功劳吧？西藏就是会让人心情变好的。”

第四章

雅江

晚上车队没有留在新都桥，还是继续前进了，在雅江落脚。把车停在酒店后，一行人浩浩荡荡去了饭店。

中午的饭是将就着吃的，这时候大家都饥肠辘辘了，不过还是一边兴高采烈地走，一边聊刚刚在新都桥拍的照片。

元梦也一直在给叶凡看她拍的照片。

叶凡肯定地评价：“真的很漂亮。”

一行人坐下不久，菜就端了上来，还是原来的配置，一辆车的一桌。

李皓跑到四张桌子中间说话：“咱们明天就要上高海拔了！这是最后一天低海拔，我点了酒，能喝的都可以喝一点，尽快熟悉起来，咱们借着酒劲聊聊天！明天也不用早起！”

一群人喜气洋洋地附和。

每桌都上了点啤酒，也不多。元梦肯定是一口酒都不能喝的，叶凡盛情难却，倒了一杯，简弋毫不推辞，和李皓对着敬。

李皓说：“这顿酒，就是敬咱们车队的人相遇。相遇都是缘分，咱们这一路合得来，就是上天的旨意。”

简弋笑了笑：“是。”

叶凡是不大能喝酒的，也不太参与话题，一会儿就抿了一小口。

元梦劝道：“你们少喝点啊，别等会儿要我把你们扶到酒店去，行李还没搬呢！”

“放心吧！”李皓给元梦倒了一杯果汁，“你哥我喝白的也能给你把行李搬上去。”

插科打诨的，也不知道后来怎么李皓就聊到了一件事：“之前啊，有个小姑娘跟我们车队上西藏，这小姑娘呢，刚分手，一路上除了哭就是发呆。

“在拉萨的时候她不知道受了什么刺激，要做冲动的事，我们好几个人才给按住，最后我实在没办法，亲自坐飞机送她回家的。

“从那之后啊，我就害怕啊。叶凡，你手腕上那个口子，你跟哥实话说，是不是哥想的那样？”

叶凡酒量不行，这时候也有点迷糊了，不知怎的点了点头。

李皓一拍大腿：“还真是啊！哥跟你说，这么些年跑川藏线，我什么样人都见过，拉萨呢，只是被大家奉为圣地，冬天冷夏天热，绝对不是个平原人能长留的好地方。

“再一个呢，哥跟你说，美景的尽头根本就不是拉萨，而是你要去的下一个地方。没有什么坎是过不去的。简弋，你说是吗？”

简弋喝的酒和李皓一样多，却像个没事人一样，笑眯眯地附和着点点头：“嗯，永远在下一个地方。”

叶凡听完这番话已经有点清醒了，后悔自己一时迷糊，怎么就点了头。李皓说的话不无道理，但她经历的又岂止是一个失恋可以概括的？生怕李皓继续问她，她赶紧说：“放心吧。”

李皓这才转移开话题：“简弋，你是广州人对吧？”

简弋点头。

“唉，我就感觉粤语特别好听。可惜我是北方人，怎么都学不会。你给我说两句呗，让我过过瘾。”

叶凡看着一脸无奈的简弋，差点笑出来。

元梦也在一旁起哄：“我也想听！”

简弋扫视一圈，发现连叶凡都带了点期待的时候，无奈地开口：“萨普神山。”

一字一顿，在场的人都听得十分清晰。

“声音好听就是不一样啊。”李皓感慨，“你说的粤语，太好听了。”

元梦都变成了星星眼。

唯有叶凡，一听到那四个字就僵在原地。

简弋问道：“叶凡？怎么了？”

叶凡说不出话。

萨普神山，是支撑着她来到西藏的全部动力。

二十六楼客厅里的那幅画，油画的笔触画着来自远方的青草地、潺潺的河流，以及那座积满皑皑白雪的高山。

叶凡不太懂粤语，但那四个字带着来自粤语中别具一格的风味，每一个字流淌进了她的心坎。

不知道简弋为什么会说出这个词，也许是巧合，毕竟萨普神山的盛名广为流传。

不过叶凡还是愣了半晌，自己的男朋友叫什么来着？

想不到了。

她依稀记得，在来这里之前，她还是能记住名字的。

简弋又叫了她好几声。

“嗯？怎么了？”叶凡回过神来。

“没事。看你愣了好久。”

叶凡没跟简弋对上视线，他说话永远都是真诚地看着别人的眼睛，这让她感到无所适从：“我不太能喝酒，可能是有点晕。”

简弋听了也没说什么，帮叶凡把酒杯拿走，递上一杯热水。

叶凡小声说：“谢谢。”

本来是不打算再继续参与话题，心中的好奇却无法止住，她思索片刻，看着正和李皓聊天的简弋，还是开口了：“为什么会突然提到萨普神山？”

她知道自己这个行为奇怪得不行。

李皓问：“叶凡是不是真的喝醉了？这个话题不是都过去好久了吗？”

叶凡不回答，还是执着地看着简弋。

简弋被问得也有些发愣，他的目光短暂躲闪了片刻，似乎是在措辞，但被叶凡注意到了。

气氛有些奇怪，叶凡是有点懊悔的，不知道是不是自己触碰到了简弋的什么往事。她只是好奇，并没有戳人痛点的习惯。

她想说，算了吧，不想说就不要说了。

简弋却抢先开了口：“之前有一阵精神不太好，出现了幻觉，好像看到了萨普神山，后来好了之后，就想着来看一看，所以刚刚一下子就提到了。”

叶凡还是执着地看着他的眼睛，心里却松了一口气。

这几天的熟悉感让她无时无刻不在怀疑，甚至还想过自己的男朋友是不是没有死，而是变成了简弋陪在她身边。她凭借着那些微妙的印象，不断往简弋身上对号入座。

好在只是巧合。

不过，简弋说他有过幻觉，之前还说他也有和叶凡一样的一段时间，是不是证明他也曾经和她一样痛苦地活着？那自己这样是不是真的戳到他不愿意触碰的回忆了？

叶凡小声说：“抱歉。”

李皓不解：“怎么对萨普神山这么大反应啊？叶凡，有什么事跟我说说，我大你十几岁，也许能给你出个主意。”

“我男朋友死了。”也不知道是酒精使然，还是别的什么，叶凡踟蹰着开口了。放在平时，这是根本不可能发生的事情。

叶凡余光里看到简弋的眼神，转过去和他对视。

李皓一惊：“怎么回事？”

叶凡说：“他不知道什么时候有了梦游的习惯，那天夜里，失足掉下楼去了。当时我在睡觉，听到一声响，跑出去，最后看到的就是他从阳台坠落。”

“别难过了，人死如灯灭，活着的人要向前看。”李皓喝多了，说话都文艺起来。

元梦伸出一只手，拍了拍叶凡，以示安慰。

谁料叶凡却说：“我不难过，因为我什么都不记得了。我只知道我和他谈了六年的恋爱，他叫什么，长什么样，我们之间发生过什么……我全不记得了。

“我来西藏是因为客厅挂了一幅油画，上面画着萨普神山。我想知道，我来到这里会不会找到我忘记的东西，我不应该忘的。

“我只知道，我之前非常喜欢他，我还记得他是个非常非常好的人。这样好的人不应该被世界忘记。我隐约觉得我做错了什么，所有人都在让我朝前看，可是我连过往都记不住了，朝前看向哪儿呢？”

故事是真实的，只是在某些细节上，叶凡还是撒谎了——她来西藏根本就不是为了找什么记忆，而是不想再回到上海。

她不能接受自己的人生凭空失去了什么，甚至在发现自己忘记之后，不知道该做什么。以前，上班是为了结婚、为了生活、为了爱人，现在手里不缺钱，她竟然都不知道要怎样才能继续走下去。

也许会在这一路找到答案，也许找不到，就停在一个地方。

她说完，抬头看向旁边的人。

李皓已经醉得晕晕乎乎的，元梦安抚地握着她的手。

简弋看着她：“会找到的。”眼神里满是看透的样子。

她知道，自己拙劣的谎言早就被简弋看穿。

简弋回头翻包，从包里拿出来个什么，递上前。

酒劲上来，叶凡也有点迷糊，摇了摇头，盯了好一会儿才看出来，是本很眼熟的、简弋保存得很好的《飞鸟集》。

按理来说，要专门取回来的应当是珍惜之物，可他就这么随意地拿出来塞给叶凡。

叶凡问道：“为什么送给我？”

“以我的往事参照来看，你会需要它。你也去当个诗人吧，诗人只需要知道意象，不需要沉溺于本质。”简弋是笑着说的。

叶凡愣愣地接过书，比起之前抱在怀里，现在的感触更加真实。这本书确实是被翻过很多次，她简单翻看着，发现还有简弋自己写下的一些诗，字迹有新有旧。

“谢谢。”叶凡决定收好。

她把带着陈旧感的《飞鸟集》仔仔细细地收到了自己的背包里。她还不知道这本书到底对简弋象征着什么，或许他只是把自己当成一个保管者。

刚刚随便翻阅的两页之中，她看到了简弋的字迹，在其中一页，他用清隽的字体写着——

等待吧。

总有一座雪山记得你的步伐。

总有一个人会毫无芥蒂地爱你。

短短几行，字迹却由轻到重，仿佛写下这几行字的人正在经历着莫大的苦痛，仍旧强忍着痛楚来写下希冀的光。

似乎和她格外契合。

之前叶凡很少喝酒，这次才知道酒精是真的害人。她本就心思烦乱，喝了几杯之后，脑袋都像泡在了水里，连四周的声音都听不真切了。

好像李皓和简弋又聊了些什么，没过一会儿就站起身招呼大家回酒店，好在酒店不远。

叶凡强撑着站起来，元梦在一边扶着她。

简弋背上包，小声问：“醉了吗？”

叶凡说：“没有。”

得到回答的简弋只是笑了笑，然后往外走，走到门口，看着雅江的街景，眼睛里也雾蒙蒙的，看不出有没有醉。

叶凡连步子都迈得晃晃悠悠，也听不清元梦在一边的各种提醒，只是借由潜意识朝着光亮的地方走去。

光下站着简弋。

路灯和磨西古镇的一样昏黄，简弋就站在下面，光打在他的身上。叶凡觉得他也不太清醒，不然怎么会盯着路灯不挪眼呢？

她实在是晕得走不动了，最后停在了简弋旁边。简弋像是没有看到她的到来，仍然抬头看着。

叶凡也仰起头去看，她想知道简弋视线的尽头是什么。可天边只有几颗星星，还有一盏晃眼的路灯。

叶凡问：“你在看什么？”

简弋答：“我在想会不会看到一场雪。”

叶凡问：“雪吗？”

“嗯。”

“雪啊……”叶凡醉了。

放在平常，她根本不会问也不会看。她眯着眼，和简弋一起漫无目的地扫视着雅江的天幕。

元梦上前来叫他们：“走呀，回酒店。”

“雪在哪儿呢？”叶凡又问。

简弋没再回答，轻声笑了笑，转头准备离开。

叶凡不知道哪儿来的力气，伸手抓住了简弋的袖子。明明只是两根手指随便一捏，却已经消耗了她全部的能量。

“你还没告诉我，雪在哪儿呢？”

简弋顿住脚步：“雪还没来。”

“没来啊？可惜了，那我可能再也看不到了。”

“你看得到。”简弋无奈，转过身，“你醉了，我背你吧。”

叶凡转头去看，简弋已经背对着她，元梦在一边不知道说着什么。

雅江的夜晚街道上没有多少车，大部队已经走在前面很远，这里寂静得仿佛只有他们。

还有些带着凉意的风吹过来，吹得叶凡都有点清醒了。

可她就是想任性一次，直接跳到了简弋背上。简弋虽然瘦，力气却很大，稳稳托住了她。

叶凡知道自己这样不好，可她就是不同于白天，把头埋在了简弋的颈后，自然也没有错过简弋身体上的僵硬。

元梦催促：“快走吧，有点冷了。”

简弋点头。

他背着人，没走快，在远处看就像是三个人在散步一样。

叶凡愈加觉得过分，脸都埋得看不见踪影了。

没有颠簸，没有不安，她心里开始回想，为什么会在不熟的人面前露出这一面。说故事也好，亲密接触也好，都不是她该做的事情。

她要做的明明就是切断自己和世界上的一切羁绊，可现在又在做什么？

她的声音从简弋身后传来：“要不你放我下来吧。”

“没关系。”简弋边走边说，“你很轻，这样走得会快一点。”

一道灵光从叶凡的脑海中闪过，熟悉感油然而生，不知道是谁也跟她说过同样的话。

叶凡像是抓到了什么关窍，努力回想，但最后也只能败兴，脑海中空空如也。如果真的有人和她说过这句话，那自己当时是什么样的心情呢？

喜悦，娇嗔，或者是不舍？

“简弋，我之前见过你吗？”

“没有，我没怎么离开过广州。”

“真的？”

“真的。”

叶凡最后一点执着也被自己放弃了。不要刨根问底，安安稳稳度过十几天，哪怕任性地靠近了，也要在最后时刻收手。

这是她给自己的命令。

酒店就在前面，来到停车场，大家在车前拿行李和房卡。简弋得帮叶凡和元梦拿行李，把她放在了一边靠着。离开男人的肩膀的时候，叶凡还有点不舍，瞬间被一阵吹过来的风打了一个激灵。

简弋推着两个行李箱：“实在不行你在这儿等我，我先把行李送上去，再下来接你。”

叶凡摇摇头示意不用，刚刚那一点时光是她最后的放任了。

简弋没异议，点头说：“好。”

元梦扶着叶凡向酒店里走。这次大家的房间都在一层楼，上去之后简弋先把行李放在门口。

叶凡拒绝了元梦要照顾她的好意，再一次独自走进了黑暗之中。这次的房间还有个阳台，看起来非常空旷。

她不急着做什么，坐在床边，借着晕劲躺下，把手腕伸出来挡眼，纱布刮在眼睛上疼了一下。

她反而笑了，觉得自己今晚脆弱得不像话。

雅江的夜晚是极为寂静的。

不开灯的房间里，连呼吸声都能清晰地听到。窗外薄薄的光打进来，连窗棂都有一丝亮闪闪的。

这次住的楼层不高，所以这个阳台也不会被浪费。叶凡外套都没脱，站起身打开推拉门，站在阳台上望着外面。

夜景自然是没有的，只能看到附近的楼，但叶凡还是很喜欢。在她的印象里，自己几乎没怎么离开过上海，她家离市区比较远，顺着窗台往外看，只能看到远处的一些高楼大厦。每到夜晚的时候，还会有飞机从上空飞过，带起嗡嗡的低鸣，吵得人睡不着。

在那里，她每时每刻都觉得自己的神经是紧绷的，安静不下来。

酒劲已经散了不少，她回想着自己刚刚的失态，有些懊悔，太任性了一点。其实她并不是介意自己的故事被发现，只是觉得这些事会给别人带来烦恼——烦恼着要怎样安慰她，也烦恼着她会不会做什么出格的事情。

不过做了就做了，也没有后悔药吃。

叶凡靠在阳台的栏杆上，好像从这个角度还能看到之前的那盏路灯。也许是太晚的缘故，路灯在她的眼里熄灭了。

可她还站在一片薄薄的光下，那还有哪里会传来光呢？似乎是从身后打过来的。

叶凡回过身去看，是隔壁的光。这一层其他地方都漆黑一片，只有隔壁灯火通明。她努力回想了一下，隔壁好像就是简弋住的。

也不知道什么原因，她不管在心里怎么警告自己，对简弋这个人就是很好奇。此时此刻，她不由自主地挪动脚步来到了阳台左侧，顺着光线往里张望。

简弋没有把窗帘完全拉起来，留下了一个不大不小的缝隙，刚好足够叶凡看到。

屋里好像没有人。

叶凡看了半晌，觉得无聊，刚准备继续回去看天，就看到简弋一身水汽从卫生间走了出来。他没穿上衣，身上还有水珠流淌，头发也不是平时的样子，而是随意地抓起来，露出了额头。

她下意识地闭了眼，觉得自己很像在偷窥。

她再睁开眼的时候，简弋已经坐到桌子前了，衣服也穿好了。他还像变魔术一般从那个背包里拿出来一支笔和一个本子，坐在桌前写着什么，非常认真。

叶凡不由得想到那本《飞鸟集》。上面清隽的字迹应当就是出自他手中的这支钢笔，此时他应该在继续他浪漫的创作。

叶凡还以为他要写很久，没想到仅仅几十秒，这人就合上了本子，之后什么都不做，只摩挲着那支钢笔发呆。她细细一看，却在简弋的手腕上发现了奇怪的东西——

那是几道非常非常深的伤疤，深到叶凡隔着一层玻璃还能看出来是伤口。伤口看起来年岁已经非常久远了，周边已经完美地与皮肤融合。

还没等叶凡细想，一抬头，就和简弋的眼神对上。她下意识地想离开，可又想到了“敢作敢当”这个词，脚硬是没抬起来。

反倒是简弋愣了神。

半晌，房间里的人笑了下，从椅子上站起身，走了出来。

可能是简弋房间的推拉门有点问题，拉动的时候，在寂静的夜里发出了巨大的声响，两个人都吓了一跳。简弋慢慢放缓动作，尽量让声音降到最小。

他湿着头发出来，也没朝着叶凡的方向走，反而是倚在栏杆上看着雅江。

简弋问：“酒劲过了吗？”

叶凡点点头，她也没想到他完全不问偷看这件事。

“那怎么不睡？”

叶凡下意识地反问：“你怎么也不睡？”

简弋笑了笑：“我晚上不睡觉。”

“为什么？”叶凡有点诧异。

“因为……”他转过头来看着叶凡，“睡不着。”

“那我也睡不着。”叶凡说道。

这话说完，氛围又静下来了。怪不得简弋每天在车上除了睡就是睡，原来是只夜猫子。

“你是做什么工作的？我好像还没问过。”叶凡实在不知道该说什么了，随口一问。

“我啊，确实没什么工作，你就当我是个写诗的吧。你呢？”

“我是给别人拍照的。”叶凡笑了。

简弋慢悠悠地说：“那很好啊。”

叶凡小声回答：“一点都不好。”

也不知道简弋有没有听到，总之这个话题也没有进行下去。

叶凡总觉得自己现在的倾诉欲和好奇心爆棚，鬼使神差地又说了句：

“我刚刚看到……你的手腕。”

简弋不介意地抬起手：“这个吗？以前不懂事。”

他居然就这样坦然地说了出来。

“为什么呢？”叶凡像是找到了认同感，把手抬起来，也学他那样看，“明明很疼。”

“疼就算是个教训吧。”简弋抓了一下半干的头发，“至于为什么，总有一天会被人知道的，不要着急。”

叶凡把这理解为拒绝，知晓简弋不想说，她也不再问了：“你刚刚是在写什么？诗人。”

“是，也不是。我有每天写一首《飞鸟集》里的诗的习惯，等到全部写完，我就会完成一件事。”

“那你现在写到多少了？”

“三百一十二首。”

如果没记错的话，已经快到了尾声。叶凡被带动得非常想知道他要完成什么。

“那件事……是什么样的呢？”她还是问了。

“好奇心会害死猫。”简弋这样回答，板着严肃的脸，却在话音落下的时候没忍住笑了出来。

叶凡突然想起什么：“不对啊，你的书送给我了，你怎么抄？”

简弋指了指脑袋：“和你那天背的一样，都在这儿。”他说完，伸出手来看了一眼手表，话锋一转，“所以为什么你这么晚还不睡？”

“我也睡不着。”

简弋理解地点点头，慢悠悠地说：“相信我，有光你就可以安眠。

去睡吧，我这里的光会等到天亮的。”

如果是别人，叶凡会觉得这是一种礼貌的抗拒。不过从简弋口中说出来，她就是觉得那盏灯会等到早上。她顺从地转身时，之前还没觉得冷，被他这么一说倒是冷起来了。也不多留恋，她转身去推阳台的门。

她的手刚搭到门上的时候，身后传来简弋的声音——

“叶凡。”

“嗯？”

“你之前问我雪在哪儿……明天好像会下雪。”

“真的？”

“真的。”

“嗯……那很好啊。”

“做个好梦。”

叶凡回到房间，没有把窗帘拉严，眼睛一直盯着窗外，像是这样就真的能够入眠。黑暗的环境最容易滋长思考，她一会儿想点其他的，一会儿又想简弋说的雪到底会不会到来。就在这样的朦胧感中，她逐渐进入了久违的睡眠。

转眼醒过来时，她发现自己头还是朝着窗外的，甚至因为太久的僵持，脖子一动就有响声。

外面的天色还是黑漆漆的，似乎还是午夜，仿佛她只短暂地闭眼了十分钟。手机在枕头旁亮起，显示时间刚过五点，是一个崭新的早上。

她重新看向窗外，一切风景都没有变，那些来自隔壁的光芒也没有熄灭。

简弋说的真的有用，她虽然只睡了短短几个小时，但那些令人烦心、令人苦痛的噩梦，或者是令人挣扎、百思不得其解的故事都没有出现。

毕竟是长久以来第一次睡得这么好，叶凡完全没有了睡意，起身穿上外套，又回到了阳台上。早上的雅江还是有些冷的，刚醒来，身体没有适应迎面而来的冷空气，她不由得打了个冷战。

之所以再次来到阳台，她就是想看看简弋是否真的如他所说，是只彻彻底底的夜猫子。

叶凡还是站在昨晚的位置。奇怪的是，简弋昨晚明明已经发现她顺着缝隙偷看他，却还是倔强地留了那一点缝，以至于她现在还可以顺利地看进去。

简弋确确实实如他所说，没有睡觉。

甚至在叶凡的角度来看，床铺都和刚入住时一样崭新。

简弋就坐在昨晚那张桌子前，眼眸并不聚焦，手里拿着一支烟，颇有些迷茫地发着呆。

睡得好，心情也好，叶凡就忍着冷风站在那里，幼稚地等着简弋发现她。外面的漆黑把她完美地隐藏住了，可她就是觉得那个人一定会在不久后把目光向她投射过来。

果然，不出两分钟，简弋转过了头，和叶凡对上了视线。

在他的眼中，刚睡醒脸上还带着红晕的叶凡蒙蒙地站在原地看着他发呆，似乎是在等待些什么。他不喜欢这样，不喜欢被人等，不喜欢心绪的杂乱。

可是礼貌告诉他，要走出去打个招呼。刚抽了好多烟，教养也告诉他，不能走得太近，不然会呛到那个看起来脆弱的姑娘。

于是他笑了笑，走出阳台门，开门的时候没有之前的窘迫，他已经知道了应该怎样能让声音降到最小。

叶凡见他走出来，头脑有些空白，当即说了一句让人摸不着头脑的话：“谢谢。”

简弋不解：“不客气？”

叶凡窘了下，解释道：“听了你的话，我真的睡得很好。谢谢你。”

“可是你只睡了不到五个小时。”

“已经很好了。不过你晚上不睡，真的没关系吗？”

“没关系，已经习惯了。”

其实对话到这里就应该结束了，可是在叶凡的潜意识中，并不想回到那个冷冰冰的，就连一束光都要借用隔壁的房间。她鬼使神差地问：“听说雅江有早市，很早就会开市，要不要一起去？”

“好。”

“稍等。”叶凡换了件特别厚的外套用来御寒，到了房间门口才想起来没拿手机。

简弋点点头，就在门口静静等着。他好像有无数件白色冲锋衣，依旧崭新至极。他就靠在走廊的墙上，眼神蒙眬地看着对面的墙。也不知道自己到底是抽了什么风，竟然会鬼使神差地答应。平时这个时候，他应该是在冥想，在发呆，或者是在写字，总之绝不会站在门口等一个女孩子回房间拿手机。

叶凡手里攥着手机走出来：“早市好像在一个居民区里，你去过这种早市吗？”

她也不知道为什么，总觉得简弋的家境一定很好，普通的早市是绝对没去过的。

“没有。”

果不其然。

其实叶凡也没有去过，但她听很多人说过，或者是以前的同学，或者是同事。这些人大多离开了上海，过着轻松愉悦的日常生活，不用朝九晚五，还有闲情雅致起一个大早逛市场。

此时外边的天色还是黑的，酒店大堂里，叶凡走在前面，她望向璀璨的玻璃门外，只觉得这是自己一路上见过的最好的风景，是之前在阳台的时候看不见的。

微微有点光亮的黎明，天上飘落下来星星点点的雪花，只因天色漆黑，才足够明晰显眼。有的雪花是直接坠落到了叶凡看不清的地面，有的在天上顽固挣扎，转了许多优雅的圈，尽管最后还是避免不了落到地面。

叶凡只觉得这些飘落的雪花在她的眼里都成慢镜头了，一直平静的表象也被打破。她转头寻找简弋的身影：“简弋，真的下雪了。”

她身后的简弋明明才是最期盼下雪的那一个，此刻却依旧平静：“嗯，下雪了。”

叶凡没再说话，快步走出玻璃门，一下子融入黑暗中。

雪花更加明晰，其中一枚飘飘摇摇落入了她手心。她盯着，在即将融化之前看清了那一片雪花的容貌，真的像书上写的，满含规律的美，棱角分明。

简弋也跟在她身后走出来。

他的眼神并不聚焦在某一处，而是在台阶上扫视面前的一切，当然也包括那个用手指数着手心上雪花的瓣的，像正值青春的女孩。

可惜时间不会停步，去早市的约定让她不得不放下手中融化的雪，叫上简弋，趁着天色还没亮就往外走。

叶凡依旧是打着手电筒找路，简弋不紧不慢地跟在叶凡身后，时不时在叶凡走错的时候把她纠正回来。

第四次走错时，叶凡忍不住问：“你来过这里吗？”

“没有。”

“那你怎么知道我走错了？”

“昨天晚上，我跟前台要了雅江的地图，”简弋思索着说，“然后我把路记下来了。”

“所有的？”叶凡明显不敢相信。这个时代还有人会沉浸于纸质地图，并且在随意看看的情况下，脱离地图后能准确无误地走对路？

“嗯，所有的。”

虽然简弋的语气平静，但叶凡还是有不服的感觉：“那刚才跟着你就好了，我们应该到得更早一点。”

简弋摇摇头：“我觉得沿途的风景很不错，慢一点很好，我可以把这些都记在脑海里。”

这话说得很有道理，不过叶凡不想听，直接来到简弋的身后：“我会迷路，你可以慢点走，我跟着你。”

简弋只好点点头。

跟在他身后，叶凡也不用一直看着手机了，自然而然地放松了下来。诚然，沿途的风景有可看之处，叶凡却有心无力，因为根本看不清。她唯一能够看清的，就是前方简弋的白色身影。

走到地方的时候，天已经微微亮了，蔚蓝色的天幕下，除了没有阳光显得有些阴冷，也没有什么让人不适的地方。

叶凡从跟在简弋身后变成了并肩而行，她装作不经意地瞟了两眼简弋，他的表情显然也是对这里非常感兴趣。

这个时间逛的人并不多，商贩都已经准备好了，卖的东西无非是菜和小吃。小吃摊都支着一把大伞，伞下面摆着几张桌子和椅子，本地人就坐在上面边吃边聊。

叶凡对吃的兴趣不大，于是问简弋：“你有想吃的早餐吗？”

简弋也思考了半晌：“我在地图上看到了松茸面，是这里的特色，要尝尝看吗？”

叶凡觉得都可以，点了点头。

两个人找了一圈也没发现有卖松茸面的，只好挑了一家现场抻面的摊子坐下。

叶凡要了一碗牛肉面。简弋也不挑，直接跟老板说和她一样。这种摊子几乎都是先付钱，叶凡还在掏手机的工夫，简弋就从口袋拿出一张一百元，递上去。

“帅哥，这现金找不开，稍微等我会儿。”老板对简弋说。

简弋点头，想来是这种事遇到得多了，也不急躁，看着老板这个摊那个摊地走，最后拿着一沓现金回来递给简弋。

叶凡不想平白无故被请吃饭：“其实应该我请你的，多亏了你，我休息好了不少。”

按照她工作时的经验，简弋这个时候应该说些类似于“没关系”“不贵”的话，结果他偏不按常理出牌：“那等下你可以请我喝杯酥油茶。”

刚才逛的时候就看到有卖酥油茶的店，叶凡点头。她感觉很神奇，如果这些话换成别人来说，可能会有点油腻、谄媚之感，偏偏从简弋口中说出来，就真的只是照顾着叶凡的情绪，也许是明白她的内心不想亏欠，给了她一个自然的台阶。

抻面和平时吃的味道不太像，满满一大碗。叶凡的口味和这里不搭，只吃了几口就放下筷子，看着对面的简弋。

她发现简弋吃饭没有任何表情，仿佛吃什么在他看来都是没有味道的。偏偏他又慢条斯理，吃完整碗。

这一碗面吃完，天上飘的那一点雪花都散尽了，天边逐渐开始映射出阳光。

叶凡有点失望，自顾自地呢喃：“雪停了啊。”

简弋回答：“还会有的。”

叶凡点点头。

从抻面小摊走出来，叶凡还记得之前说要请简弋喝酥油茶，直接往之前路过的地方走。简弋就跟在她身后慢慢溜达。

早市上有各种各样的东西，甚至还有卖香、哈达一类的。其实叶凡对这些很感兴趣，总觉得这些东西有藏族的风格。

她看得有点久，简弋也发现了：“喜欢这个吗？”

叶凡微微点头。

就在她的注视下，简弋径直走过去，从口袋里拿出刚刚找的零钱，不知道顺手从摊子上拿起了什么，紧接着，又慢悠悠走回了叶凡旁边。

“送给你。”

他伸出的手和他的衣服一样白，连血管都清晰可见。他手上是一块精细雕刻的佛牌，可能是刷了油的原因，表面光洁，还垂着一根金色的坠子。

叶凡有点疑惑：“为什么送给我？你刚刚还请我吃了面。”

“这些东西会带来好运气。”简弋解释，“钱对我来说就是身外之物，和你有缘就送给你了。”

这东西确实不贵，但是叶凡仍旧不好意思拿，毕竟她和简弋非亲非故的，何必要花费这些呢？她惯常用职场上与人社交的规则来看待这个问题，这些东西都是要还的，平添麻烦。

简弋似乎看出了她的顾虑，抓住叶凡垂着的手，把佛牌塞入她手心：“两杯酥油茶吧。”

他还特意避开了叶凡有伤口的那只手。

她莞尔一笑：“酥油茶好像免费续杯，你亏大了。”

简弋装作吃惊：“是吗？那更好了。钱不重要，省钱才重要。”

叶凡把佛牌攥到手心里，冰冰凉凉的，和刚刚简弋抓住她的那只手一样。她先是观察了下，走出去几步又回头对简弋说：“你是想劝我迷途知返吗？”

简弋看起来有点愣神：“你的理解最重要。”

叶凡点头：“那谢谢你。”

简弋没回答，温柔地笑了笑：“你会改变的，很残忍的。到最后的时候，一定会有什么改变你的想法，强行把你扳回自己该走的轨迹。”

“是吗？”叶凡才不在乎，“等到那一天，也许会有，但我固执己见。”

“好吧，不过它还是可以给你带来幸运的。收下吧，这也算是……来自雅江的馈赠。”

叶凡默不作声，把佛牌放进了口袋。

酥油茶的摊子不远，叶凡早就听闻了它的大名，一直想知道是什么口味。最初知道还是十几年前高中课本上，那时候她贫瘠的眼界还让她诧异于酥油茶竟然和她印象中的茶完全不同。

奶制品做成的酥油，加进茶里再放上盐，听起来就让人好奇。

叶凡在摊子前点了两杯，老板用纸杯装好递过来，然后她扫码付款。看着杯里的液体和平时喝的差别很大，她一时没敢下嘴，转过头去观察简弋。

简弋单手端着纸杯喝了一口，咽下去的时候喉结上下滚了一下，表情上看不出好不好喝。

叶凡问道：“怎么样？”

简弋说：“还不错。”

听了他的话，叶凡双手捧着纸杯抿了一口，暖乎乎的。

说实话，入口的口感并不是很适应，等到咽下去之后又有了额外的风味。她没忍住咂了咂嘴，又要再尝。

简弋开口：“你听过酥油茶的故事吗？”

叶凡摇头：“这个也有故事吗？”

“嗯。”简弋把喝空的杯子放到垃圾桶里，“传说很久之前的西藏有两个部落，他们有很深的仇怨。两个部落的土司，其中一个的儿子叫文顿巴，另外一个人的女儿叫美梅措，他们爱上了彼此。

“后来，文顿巴被美梅措的父亲杀死……给文顿巴举行火葬的时候，美梅措跳入火海殉情。”

他讲故事的腔调和李皓完全不同，不紧不慢，引人入胜。

叶凡没忍住追问：“然后呢？”

“然后……美梅措化作了藏区的茶，文顿巴化成了羌塘的盐。每当有一个藏区人民打起酥油茶，相爱的人就会再次相遇。”

“很浪漫。”

简弋却说：“故事都是浪漫的，谁知道真相呢？”

“你有点不解风情。”

“有吗？”简弋笑了笑，“在我看来，若为自由故，二者皆可抛。”

叶凡也把酥油茶喝完了，把纸杯扔到垃圾桶里：“那我们不一样，我喜欢浪漫。如果真的有殉情的可能，我会的。”

简弋似乎才想起叶凡的过往，自己说这一番话倒像是在告诉她什么道理，当即有些懊悔：“抱歉，我不是那个意思。”

叶凡莞尔一笑：“没关系，我都忘了，我连他是谁都不知道，怎么殉情？”

两个人继续往前走，叶凡话锋一转：“不过，我们没有续杯，亏大啦。”

简弋勾了勾唇：“下次有机会吧，我们自己续上。”

“好。”

两个人乘着晨光回了酒店，这时候才七点多，估计大家都没醒，他们这层楼的楼道静悄悄的。回房间之前，叶凡还问简弋：“你要不要休息一下？”

简弋摇摇头：“我等下上车睡就好。”

他自己的决定叶凡也不好多说，只是点点头，回了房间。

酒店房间里冷冰冰的，叶凡一进屋就打了个哆嗦。原来是走的时候没关阳台门，冷风把窗帘吹得一直在“跳舞”，她走上前去把门关上。

昨天定的是十点出发，时间还早。叶凡之前玩了雪，又在风里吃了一顿饭，今天就要上高原了，她怕自己感冒，准备冲个热水澡。

她用不惯这里的热水器，浪费了不少时间，等到吹好头发暖和不少，才发现自己的手腕有点刺痛。

简弋之前给她的绷带已经被摘掉了，刚刚结痂的伤口被水一冲，有点发炎的趋势。叶凡有点纠结，要不要再跟简弋借一点绷带。

穿衣服时，伤口被袖子一摩擦，她当即就去了隔壁敲门。

简弋开了门，穿戴整齐：“怎么了？”

叶凡就站在门外，举起手腕：“能不能再跟你借一些绷带？”

简弋点点头，把门口的位置让出来：“进来吧。”

叶凡走进房间，房间还是如同刚入住一样，之前阳台边桌子上摆的本子被收起来了，一个背包立在桌上，干净得像没人住过。

在别人的房间，她不好走动，只是坐在椅子上乖巧地等着。简弋站着从包里翻出绷带卷，走到叶凡面前。

叶凡下意识要伸手接过，自己绑好，简弋躲开了她的手。

“我帮你吧，单手不好处理。”

“麻烦你了。”

简弋单膝跪在地上，近距离观察着她的伤口：“碰到水了，得消毒，不然容易感染。”

叶凡想说“太麻烦了，算了吧”，这种时候去哪里找消毒的东西，却见简弋回过身又在包里翻着什么，再一看，他拿出了便捷的碘伏棉签。

叶凡有点愣：“你是百宝箱吗？”

简弋说：“只是比较杞人忧天。”

他重新在她面前跪下来，一只手把她的手捧住。他的手冰凉，不过脉搏却是鲜活跳动着的。

简弋用棉签小心翼翼地触碰叶凡的伤口，刚刚还隐隐作痛的伤口因为他的轻柔，几乎没有什么感觉了。

两个人的距离近到叶凡感觉都能碰到简弋的睫毛了。

叶凡这才发现，他一个男生的睫毛竟然有这么长。

没人说话，气氛对她来说非常尴尬，她强行控制自己的坐立不安，眼神聚焦在简弋的睫毛上，一根一根地数。

简弋把用完的棉签扔掉，拿起绷带一圈一圈地缠："怎么突然想起照料伤口了？"

叶凡说："很疼，我不喜欢。"

"没有不疼的。"简弋意有所指。

"简弋。"叶凡第一次有点不悦，"其实你决定不了别人的想法，你不是佛。"

她的语气冲了点，简弋像是并不在乎："我本来就不是。今天的角色是行医圣手。"

话音一落，他就把叶凡的手轻柔地放下。

"好了，别再碰水了。"

叶凡的视线也跟随过去，看到手腕上被他绑了个蝴蝶结。

不知道为什么，这一刻叶凡的心中涌现出了一个想法，她不知道自己这种单方面的剖析是否精准，但直觉告诉她就是这样的。

简弋一定是经历过什么事，度过九九八十一难熬了过来，便要用他的浪漫思维拯救遇到的所有人，还给这些人指一条生活上的通途。

他温柔细腻，风趣幽默，什么也不做就像一道光。叶凡对这样的人没有抗拒力，但这不代表着她要朝着光行走。她可以遥遥地看着，顺便替他祈求一个万事顺遂。

她想，如果再早几年，她一定会做这位“佛”最忠诚的信徒。

不过也只是再早几年。

手腕包扎好了，叶凡自然没有再留下的理由，她盯着手腕上的蝴蝶结，说：“谢谢。”

简弋把手上的绷带还有剩余的碘伏棉签递给她：“不客气，这些给你用吧。”

“可是我自己可能处理不了。”

这话音一落，两个人都愣住了。

叶凡觉得自己像是在说，我自己处理不了，你就算给了我，我还是得来找你。

叶凡发誓，自己只是实话实说。

她有些尴尬地看着简弋。

简弋笑出了声：“那我留下吧，有什么问题我会包售后的。”

这话说得叶凡就差捂住脸了。

但她还是“镇定”地说：“真的谢谢，我先回去了，一会儿见。”

简弋举起手挥了挥：“嗯，一会儿见。”

叶凡回了自己的房间，坐在床边。手机刚刚没拿，此时一直叮叮咚咚地响着。她伸手抓过来，发现是李皓在群里发的消息。

李皓：起来了吗？

李皓：有人吃早饭吗？

李皓：十点出发，快起来吧。

群里就三个人，元梦明显是还没起床，李皓唱了独角戏。

叶凡：不吃了，已经起来了。

李皓：好。要不要吃晕车药？一会儿有“天路十八弯”，有点高，怕你会晕。

后面还接了个期盼的表情包。

这个表情包昨天元梦发过，估计是李皓觉得好看直接就存了。说不上来的违和感，特别是李皓的头像还是他本人在布达拉宫前拍的照片。

叶凡没忍住弯了弯嘴角。

叶凡：可以的，上车吃吧。

李皓：OK！

叶凡没再继续回复，把手机按黑屏，进了卫生间收拾自己的东西。口红就在手边，她也就顺手涂了涂，气色是这么多天里最好的。加上今天穿了一件浅色上衣，她有一种错觉，似乎真的回到了青春年少。

到了下楼的时候，叶凡先把行李箱从房间推出来，最后扫视一眼房间，看看有没有忘记带的东西。

床头柜上放着那本《飞鸟集》。

叶凡心下一抖，这本书是别人珍视的宝贝，被她随意搭在床头柜上就算了，还差点忘记带走。昨天一回房间，她就没忍住把书拿了出来，想要再仔细地看一看。

当时借着昏暗的灯光，她看到两种截然不同的字体。简弋写下的很多意象不外乎是雪山与雪，她不禁疑惑，这个世界上真的有人对这种缥缈又遥远的东西产生如此极端的热爱吗？

她把书拿起来，下意识地用手扫了扫封面，生怕上面落下一点灰尘，然后重新打开行李箱，小心地把书放进了最深处。

再重复之前的步骤，出门。

第五章

理塘

车队已经在酒店外停好车，李皓站在车门前，见叶凡下来，接过她手中的箱子走向后备厢。

叶凡说：“谢谢。”

李皓回道：“没事没事。”

叶凡上了车才发现另外两个人已经坐好了，都靠着车窗睡得安稳。简弋坐在前面，叶凡看不到他的表情，元梦倒像是做了噩梦，眉头紧蹙，手还无意识地抖动着。

车才发动，冷空气还在肆意蔓延着，在这种环境里睡确实很不舒服。叶凡下了车，拦下了正要关上后备厢的李皓，从自己的行李箱里拿出了一条毯子。

这条毯子是二十六楼的，应该是她为了迎合男朋友的喜好买来的，上面的花纹都是红彤彤的藏族特色，也不知道为什么，她这次出门就给带上了。

眼下刚好有用，她拿着毯子回到车上，盖在了元梦身上。

李皓也上了车，见两个人都在睡觉，没说话，从储物格里拿出了一板药和一瓶矿泉水递给叶凡。

叶凡接过，心中知晓应该是早上说的晕车药，随便看了眼说明书，然后吞了两颗。

她对天路十八弯有印象，算是川藏线上特有的一段路，险峻刺激，甚至不乏有人是为了亲自开车通过这段路而选择进藏。

过了这一段便是高海拔地区，到达理塘。

叶凡晚上睡得很好，这时也没什么困意，好久没有仔细看自己的手机了，于是从口袋里拿出来，点开了微信。

也许是太久不怎么碰，除了车队群再也没点开过别的，消息已经“99+”。

她随便翻了翻，都没回复，直到看到自己上司发来的信息。

总监：怎么退群了？是不干了吗？

发消息时间是前天，见叶凡没回复，对方的语气也越来越不好。

总监：辞职不知道说一声？

总监：你知道每天有多少工作要忙吗？你有什么意见？你家里死人了公司给你三天假期，你直接一个多月不来，你知道因为你耽误了多少工作计划吗？

叶凡不想再看，她要不是为了那点工资，早就不想在这个公司待了。

叶凡：嗯，不干了。

她平淡地回复完，任性地直接将其拉黑，感觉久久萦绕在心头的气才松了点。她看手机本意是防止自己消息太过闭塞，这下也没了心情，把手机收回口袋里，看着窗外。

坐车是枯燥的，两个小时之后，元梦醒了，看了眼毯子，大大咧咧地问：“这是谁的呀？”

叶凡下意识地看了眼简弋，他一夜没睡，被吵醒的话肯定不舒服。见简弋没动作，她小声说：“我的。”

元梦双手合十示意抱歉，放低音量：“好好看，是在哪里买的？给我个链接吧。”

叶凡愣了愣：“我忘了。”

记忆中并没有这一段，猜也猜得出来，应该是和自己的男朋友去买的。她脑海中像装了个男朋友屏蔽器，只要有他的场景，就是一片虚无。

元梦应该也猜到了：“对不起啊，叶凡姐。”

叶凡摇摇头：“没事。”

到天路十八弯的时候，简弋也醒了。山上有观景台，车队停下，李皓说要带大家去观景台看一看。

简弋没把包背在身上，轻装上阵。

叶凡看见他下车的时候还扭了几下肩膀，应该是睡得不太舒服。

李皓带着三个人往上走，后面是车队的其他人。他打趣元梦：“你早点起来就好了，雅江有早市，有些东西特别好吃。”

元梦翻了个白眼：“让我早起不如废了我吧！去牛背山那天已经是我的极限了！”

李皓哈哈笑，又跟简弋搭话：“你和叶凡应该是能早起的人啊，早知道我带你们去了，馋馋小元梦。”

简弋没搭话，笑了笑，转过身和叶凡对视。

叶凡有点心虚。

他们已经去过了，这是一个只属于两个人的秘密。好吃的、好喝的、好看的，他们都在无人注意的角落偷偷体验过了。

这个认知让叶凡有点窘迫，生怕李皓再问问他们早上都几点起来的。

想什么来什么，李皓走在前面，又问：“叶凡，我看你八点多就回我消息了，你几点起来的啊？”

叶凡回道：“……八点吧。”

简弋又看了她一眼，她心虚得不行。

“简弋呢？”李皓又问。

“我也八点。”简弋笑道。

叶凡也有样学样，看了他一眼。看完自己又反应过来，奇怪，明明之前都能保持礼貌，甚至有的时候说话还有点呛，只不过一起去了一次早市，倒像是熟悉的朋友一般了。

李皓没察觉到什么：“那你们是挺早。简弋和我喝了那么多酒，还能早起，真行啊，哥们。”

叶凡这才想起来，昨天她只是喝了一点，简弋和李皓可是喝了十瓶，根本没见简弋有一点醉意，还能平稳地把她背回酒店，外加上一晚没睡，他居然还能稳步上山。

唯一露出破绽的，应该就是他刚才醒来掩盖不住的疲倦。

简弋回复李皓：“还是有点累。”

李皓摆手：“没事，到了，下山也不累。”

前面的视野忽然开阔起来，一个不大的平台正对着蜿蜒的道路，四周树木成荫，清风吹过来，柔和地驱散上山时烦躁的心情。

李皓在前面介绍：“前面就是天路十八弯，咱们一会儿就开过去。这条路容易晕车，晕车的一会儿来我这里领药啊！”

元梦当然没听他说话，拉着叶凡来到了平台边：“叶凡姐，你看这条路像不像鸭肠？”

“啊？”叶凡觉得她的脑回路有点奇特。

“鸭肠啊，涮火锅的，弯弯曲曲特别好吃。”

叶凡当然知道鸭肠，但是这样一条磅礴的路被形容成鸭肠，恐怕建造者听到都要哭笑不得。她没忍住，笑了一下。

元梦不服气：“那应该像什么？”

叶凡不知道，她的想象力有点枯竭。

简弋的声音从她们身后传过来：“像披帛吧，名叫‘西藏’的姑娘的披帛。”

确实很贴切，作为进藏的必经之路，就像是一点点揭开西藏神秘的面纱，最先看到的，是滑如天水般的披帛。

叶凡点头：“嗯，很像。”

说完，她又和简弋对视了一眼。

她发现他们今天对视的次数格外多。

元梦说：“简哥这么一说，我懂了为什么那么多人都喜欢西藏了，确实很美嘛。但是！火锅也好吃！”

简弋回道：“是好吃，但是一看到辣椒，我就望而却步了。”

叶凡也一样，吃不了辣。

元梦“啊”了一声：“那你们失去了人生一大乐趣！我还想说，如果下次能见面，请你们吃火锅！不过鸳鸯锅是我的底线！”

叶凡点点头。下一次也不知道是什么时候了。

只有一个观景台，等大家都拍好照，就一起出发了。下午就要到理塘，还是要充分休息一下才能避免更高海拔带来的反应。

上了车，元梦也不睡了，把毯子还给叶凡。

叶凡看了眼简弋：“你要用吗？”

简弋刚闭上眼，听到话音诧异地睁开，随即欣然接受：“好啊，谢谢。”

理塘的天黑下来的时候，车队终于停在了酒店前。简弋已经把毯子归还给叶凡，叶凡觉得拿着不方便，下车的时候就把行李箱打开，把毯子塞了回去。

塞回箱子里倒是比拿出来要费力得多，叶凡蹲在地上，要先把衣服都拿起来，再把毯子压在最下面。简弋站在一边等她，要帮她把行李箱带上去。

关好箱子的时候，叶凡就感觉到自己有些乏力，呼吸有点不畅。大概是因为上了高原，做一些平时毫不费力的事情也会困难一点。

到了房间，简弋把叶凡的箱子放下就走了。叶凡把门关好，感觉头开始疼，她从口袋里拿出手机查了一下，算是高原反应比较轻的症状，只要平静下来好好躺一会儿就行。

她把那本《飞鸟集》拿出来，拉开被子躺了进去。果然，不在站立状态下，身体的不适减轻了不少。

翻开书页，入目就是扉页上力透纸背的三个大字：活下去！

这三个字像是带着共情能力，让叶凡有点心惊。

墨迹看起来已经过了很久，透出来深蓝色，最后叹号的点，力大到要把纸张戳破。

叶凡想不出这会是在怎样的一种心境下写出来的。是有多挣扎，才要把自己的愿望写下来，用冷冰冰的文字提醒自己，告诉自己无论如何都要活着。

床边的台灯有些晃眼，叶凡探出身去调暗，这么一动，呼吸又急促了不少，像是跑了几千米之后的感觉，还带着点眩晕。

叶凡只好又一动不动继续看书。

其中一页上写着一段话——飞鸟飞不过远方的雪山，流浪汉离不开城市的囚笼。

简弋总是自称流浪汉，这是不是代表着离不开囚笼的是他？现在看来，他似乎是成功了。

叶凡如同做阅读理解题一样，一字一句揣摩，想借此还原那个人的故事。她自己都没察觉到，什么时候对简弋从一个陌生人潜移默化成了阅读者。

他总是那么洒脱，说话时总是会淡淡地笑着，会期待一场雪，会拥抱来自高山的风。

每个人都有欲望，每个人都有难过，但他没有。

如果不是他吸烟时的云雾太过缭绕，叶凡会认为他是一个转世的神。她走到理塘，短短几天其实已经很累了，她没有对西藏的任何期盼，美景也只能简短地震撼到她一时半刻。

唯独简弋。

她太想拨开这人面前的迷雾。就像熬夜看一本悬疑小说，看到晨光初晓困顿不堪，仍旧会瞪大双眼等到真相大白。

叶凡在他身上找到了太多与自己相同的点。

男朋友死后，她突然失忆了，就是这样。她拼命地想要找回自己的记忆，找回她短暂而有限的生命缺失的那些年。

手中的书不知不觉已经翻到了最后一页。不得不说，她是个俗人，这些诗句美得惊心动魄，却没有让她沉浸在其中的想法。

这次酒店的房间小，没有阳台来给叶凡欣赏景色，她放下书，也只能躺在原处，看着洁白的天花板，思维活跃，从二十六楼到折多山，再到雅江。只不过今天早上的事情，她却恍惚觉得像是过了好几年。

还欠简弋一杯酥油茶，她这样想。

头痛欲裂，呼吸也有点滞缓，窒息感从脚底蔓延到头顶，叶凡只觉得有人掐住了自己的脖子，让她被迫挣扎着。

一个声音说，这里就是终点，也不是多差的事情。

另一个声音说，去求救吧。

据说人在没有意识之前，都会下意识求救，叶凡应该也是这样的。在她即将喘不上最后一口气的时候，敲门声像是隔着一片海一般传来。

她艰难地翻滚到床边，扶着墙努力站直，眼前已经看不清任何东西，她拼了命地一步一步走到门前。

进房间的时候，门上的保险栓被她扣上，这便成了此时此刻最大的阻碍。敲门的人似乎是听见了她的跌跌撞撞，静候在原地。

叶凡都记不清自己是怎么把保险栓打开的，又是怎么用毫无力气的双手打开了门，只记得最后门开了，风吹进来，自己跌入了一个冰冷的怀抱。

那个人身上还带着干净的味道，声音像是隔着老远传来："叶凡？叶凡……"

叶凡睁开双眼，入目所及还是酒店的天花板。窒息感已经过去，脸上似乎有什么东西，痒痒的，她伸手去拨。仅仅是这个动作，她就开始有些呼吸急促。

"别动了，是氧气管。"

闻言，叶凡皱了皱眉，往旁边看，才发现是简弋，他就坐在一边的椅子上。

“怎么了？”她还没反应过来发生了什么，只听见自己的声音非常沙哑。

简弋看向她：“我来敲门的时候，你昏过去了。高原反应。”

叶凡这才想起来之前那种濒死感，痛苦得还有点后怕。当时她还很侥幸地觉得只要躺一会儿就好，要不是简弋来敲门，自己估计就得断气了。

“谢谢。”她说。

简弋摇摇头。

“我昏过去之后发生了什么？”

简弋简单说了一下。

叶凡昏倒的时候抱住的人就是简弋。他见到叶凡昏倒，嘴唇发紫，就知道她是因为高原反应无法呼吸了。这里是有氧酒店，他用酒店座机给李皓打了电话，找了医生，然后从前台拿了氧气管，先给叶凡戴上。

医生说情况还挺危险，症状轻的时候就应该及时吸氧，结果硬撑到自己昏倒。他给叶凡挂了水，让今晚观察一下，如果情况再严重就不能继续进藏了。

叶凡也不知道自己有没有吓简弋一跳，觉得自己真是喜欢给别人添麻烦，由衷地说：“抱歉，麻烦你了。”

“没事。”简弋摇头，“幸好，你掉了这个。”

他把手摊开，正是早上买的佛牌，还泛着光亮。

“怎么在你这儿？”叶凡问。

“你掉在走廊里了，我回房间的时候捡到的，我当时想等下过来还你。”

叶凡露出“原来如此”的表情。

简弋说：“看来很灵。”

叶凡嗓子还是有点不舒服：“为什么……”

“是它救了你一命，它确实带来了好运。”

也不知道是碰巧还是真的。

简弋把它放在床头，又看向床头柜旁的地上。

叶凡也侧头看过去——《飞鸟集》摊开着，像是被随意丢在了地上。

她顿时有些不好意思，人家送给自己的书就被这样对待：“抱歉，我之前一直在看，应该是晕的时候碰掉的。”

简弋笑了笑：“不用抱歉，送给你了就是你的，你怎样处置都是你的自由。你说了太多次‘抱歉’了，不用这样。”

叶凡有点羞愧，一时无话。

她只能看着挂在衣架上的药瓶，一滴滴数着。

见简弋还坐在那里，叶凡问：“你怎么不回去休息？”

“医生说你还需要观察一下，吸氧只能解决一时的问题，我主动请缨留下来了，反正我也不睡。”

叶凡感激地点点头。

没一会儿，简弋站起来，药水已经滴到尽头，可以把针取下来了。

见简弋靠近的动作，叶凡也不躲：“要叫医生来吗？”

简弋摇头，把叶凡的手捧起来：“我会取，医生已经回去了。”

叶凡有点不相信，眼睛里都是疑惑。

简弋解释：“我以前挂水都是自己来取的，放心吧。”

事已至此，再不取下来就要回血了，叶凡只好闭眼，任由简弋操作。

手被捧在另一双更大的手心里，轻轻柔柔、冰冰凉凉的，医用胶带被撕下去一条时，简弋轻声说：“别怕。”

下一秒，叶凡手背一凉，除了这个没有别的感觉。她睁开眼，针已经被简弋取下来，扎在了药瓶上。

简弋继续坐回去，还顺手把书捡起来，看着叶凡，问：“叶凡，这种感觉你应该已经体验到了，放弃了吗？”

叶凡知道他说的是濒死感。

叶凡眼神涣散地看着天花板，说：“挣扎是人类的本能。”

“但你还在怕疼。”简弋一针见血地指出。

叶凡有点愣住，心中被他说得有些松动：“那你说，我男朋友疼吗？他在梦里挣扎吗？”

“也许他挣扎了。”

叶凡摇摇头：“他没有，我很确定。就算我全忘了，也不会忘记他从楼上飘下去的那一幕。他的脸我记不住了，可是他的身体没动。”

简弋思索了下：“梦的内容一定让他不想醒来吧。”

夜晚似乎就是这样让人想吐露心声，叶凡接着说：“梦有那么美好？马上要结婚了，房子也有了，钱也暂时不缺，生活还不错，有什么比这些更重要呢？”

后半句近乎变成了呢喃。

简弋淡淡地说：“人不只有生活，一个人心里想什么你永远都不会知道。”

叶凡勉强一笑：“所以我心里想什么你也不知道。”

简弋叹了口气：“好吧。”

“那你呢？”叶凡转移话题，“为什么要在扉页上写‘活下去’？你也挣扎过吧？”

“嗯。”

“我有点好奇。”叶凡侧过身，没有针管的阻挡，自由了不少。

“是在找同类吗？”简弋的笑像是永远不会改变的雕塑。

叶凡摇摇头。

“活下去是很好的愿景。”他自我肯定地点头，“等有一天，你真的可以面对自己了，再带着决心来找我换故事吧。”

“我的故事不太动听，你现在听不了。”拒绝的话他说得倒是清楚。

叶凡沉默了几秒：“什么样的故事才能叫不太动听呢？”近乎呢喃。

简弋没有答话。

叶凡翻身，回到了平躺的状态：“这么说来，我的故事也不动听。”

简弋马上接话：“确实。”

叶凡听得无语。

叶凡问：“明天是去稻城对吧？”

“嗯。”

“牛奶海、五色海……”她回想了一下之前看到的，“还有冲古寺。我还能去吗？”

简弋抬起头：“你想去吗？”

“嗯。”

“医生说，如果你今晚没事了，就可以去，只不过要随身携带氧气瓶，上去的路上还可以骑马。”

叶凡想象了一下那个场面，所有人都在一步一步地走，只有她携带便携氧气瓶，还坐在马背上。

“我可以不去吗？”

简弋点头：“当然可以，只不过稻城很美，你看不到。”

叶凡有点气闷，身体的不适已经缓和不少，至少能小心翼翼地动一动。她努力靠着床头坐起来，直视简弋：“牛奶海、五色海，这都是海。”

你不是怕海吗？

简弋笑了笑：“我可以不靠近，那里也不只有这些。”

叶凡无奈：“好吧。”

他总有道理，叶凡觉得自己再这么问下去，说出来的话都像是撒娇。她闭上嘴，安静地躺着，没过一会儿又忍不住开口：“你要在这里待一夜吗？孤男寡女的。”

简弋也不恼：“我说过，我今天的角色是行医圣手。”

叶凡说：“也是，我是个寡妇。不过你坐在这里也不错，我也许能睡一个好觉。”

叶凡确实是睡着了，却做了个光怪陆离的梦。梦里有一片绿茵，山花遍野，遥远的地方还有一座雪山。她窝在一个人怀里，一起坐在草地上。这人是她的男朋友，但她已经放弃探究，因为无论如何都看不到他的脸。

他穿着冲锋衣，还是白色的，似乎和简弋那件是同一款。他好像还用粤语说了些什么，模模糊糊的，听不清晰。

她潜意识里在想，自己这是在干什么，把简弋当成替身？还是太久没见过这样的人，主动把无处可去的情感寄托在了他身上？

现如今只知道他姓甚名谁、家住何方，其他的一概不知。

叶凡都觉得自己被下了蛊，对着这样一个人，无论他怎么说教，就是对他讨厌不起来。

梦境过了，她缓慢睁开眼，第一件事就是去看旁边的简弋。他像是没动过，还是在那里发呆，时间像是已经在他身上静止了。

“几点了？”她刚醒，声音还有点哑，身上倒是舒服了不少。

简弋看她一眼，又去看表：“四点。”

睡了四五个小时，还可以。现在睡意全无，她只好坐起来。之前还能看书来消遣，但此刻简弋坐在这里，当着他的面看书有点不礼貌。

叶凡思索着还能做什么，半晌又回想起那个梦境。

“简弋，你能跟我说说粤语吗？”

简弋听见这句话有点发愣，不过也没问为什么：“说什么？”

“读个《飞鸟集》？”

这要求有点过分，但简弋全然不在乎，本来叶凡都伸手把床头的书递上前去，他也没接。

是了，他是背得下来的。

简弋就那样坐着，瞳孔不太聚焦，他说粤语的时候会放慢语速，从第一首开始，一字一顿地道：“夏天的飞鸟，飞到我窗前又飞去了……”

叶凡就静静地看着他。

她总说简弋是诗人，却从没有任何一刻觉得他比现在更像诗人。

他放慢语速，语调轻柔，仿佛隔着这个不大的房间看向远方的什么，眼里满是光，却不是床头的光。

他背完一首，见叶凡入了迷，没有反应，就开始背第二首。

第二首背完，叶凡终于说话了：“你现在写到哪里了呢？”

简弋说：“第三百一十三首。”

“这首是什么？”

“上帝在我的黄昏微光中，带着花到我这里来，这些花都是我过去之时的，在他的花篮中，还保存得很新鲜。”

“真的有上帝吗？”

简弋摇摇头，表示他不知道：“还听吗？”

“听着呢。”

四点钟的清晨，清冽的嗓音带着粤语的腔调，就这样响彻在房间里。叶凡借着台灯的光亮打量简弋，忽然就开始后悔，为什么之前要把台灯调暗，以至于现在看向他的目光都有些模糊。

简弋就这样从四点读到六点。外面的天光已经亮起来了，从窗帘的缝隙中打进来，可屋内仍旧是那样狭小、昏暗。

叶凡眼睛一眨不眨地看了他很久很久，当她意识到自己在做什么的时候，只能在心里说一句糟糕。

人都是有趋光性的，她也不例外。

简弋说了这么久，嗓子都不见沙哑。他像是恒定的，只要叶凡不闭眼，他就永远都会在那里，为她一首一首地读诗。

称不上什么浪漫，倒更像是叶凡在借他的光取暖，仿佛身处神圣的寺庙。她想，其实简弋说的那些不无道理。

真好，像梦里一样。

六点半，再过半小时就要出发了。

简弋跟她道别，说要回房间收拾一下。

叶凡点头。

除了刚刚的诗，这房间里没有其他对话。

在简弋走到门口的时候，叶凡叫住他：“简弋，谢谢。”

但没人回答，只有房门被轻柔关上的声音传来，显得刚刚的一切都像是幻觉。

叶凡好了不少，虽然走起来腿还是有点酸，但至少能自由呼吸了。她拿了一个背包出来，把氧气瓶和其他要用的东西都放进去，穿上厚实一点的衣服，洗漱一番，做好了去稻城的准备。

七点一到，叶凡就下了楼，李皓带着几名司机已经把车停好了。见叶凡过来，他关切地问：“怎么样了？”

叶凡微微一笑：“没事了，应该是昨天第一天不太习惯。”

李皓放心了一些：“那就好，车上还有氧气，要是不舒服一定要及时说。”

叶凡点头，打开车门先把背包放上才坐进去。又过了几分钟，元梦和简弋也已经上了车。

简弋一看到她就问：“决定好了？”

叶凡点头。

简弋说：“风景一定会很美，不会让人遗憾的。”

叶凡问：“你去过吗？为什么这么肯定？”

“没去过，但我就是知道。”简弋笑了笑。

元梦不知道昨晚发生的事，她也有点不适应，上了车蔫蔫地坐在一边，跟叶凡吐槽：“叶凡姐，我好像高反，头疼了一晚上。”

叶凡不知道该怎么帮她，从包里拿出来一个氧气瓶：“真的难受得不行再用吧。”

元梦有些惊讶："你怎么有这个？未卜先知啊！太厉害了！"

叶凡笑了笑，有点不好意思地说："我昨晚高反昏倒了，医生给的。"半句都没提起简弋在她房间待了一夜的事。

"啊？这么严重？那这个还是放在你那里吧，我实在有问题再用。你比较难受点。"元梦很吃惊，"那今天海拔更高，姐你能上去吗？"

叶凡点点头："好像可以骑马。"

这是简弋说的。

元梦仿佛看见了希望："这么好？那我也要骑马！终于可以轻轻松松了。"

简弋回过头："骑马也不一定轻松哦。"

"不管了，少走一步是一步。"说完，元梦兴冲冲地翻包，拿出水杯，又拿出药盒，倒出来一把药片，也不数数量，一口吞了下去。

叶凡有点担心："这样吃药真的没问题吗？"

"放心吧，我的药都是提前数好了的，直接吃就行。"元梦笑嘻嘻地道，"虽然我妈妈处处管我，不过确实很方便嘛，嘿嘿。"

叶凡笑着点点头。

"父母"这个词距离她真的太遥远了。

李皓确认人都到齐了，上车出发。车一开，他就问叶凡："昨天怎么突然就晕了？之前没不舒服吗？"

叶凡回答："有，但是觉得没事，自己躺了会儿，起来就有点呼吸不畅了。"

李皓一边开车一边和元梦说："看到没，你要是不舒服一定要提前说，你叶凡姐姐给你当反面教材。"

元梦哭笑不得：“知道啦！李皓哥，你就越来越像我家里人啦！”

李皓哈哈大笑：“这不是关心你嘛，你是咱们车队里最小的，多照顾照顾呗。”

元梦嘴甜：“谢谢哥！”

第六章 稻城

到稻城的时候已经十点多了，还是和之前一样，车队是不能开车进入景区的。

一进到景区大门，大家还是先坐大巴。李皓怕元梦身体不舒服，让她坐在了身边，随时准备递上氧气瓶，所以叶凡就和简弋坐在了一起。

坐大巴全程要一个小时，简弋把窗边的位置让给了叶凡，叶凡也欣然接受。外面的景色很美，车辆几乎就是在山里穿梭。她有点晕，头抵在窗户上，一声不吭。

简弋顺着叶凡和座椅之间的缝隙看着窗外。

“简弋。”叶凡叫他。

闻言，他回过神来，带着疑问看向叶凡。

“你还有那种薄荷糖吗？我觉得我可能会晕车。”叶凡觉得需要防患于未然。

简弋点点头，手伸进口袋，拿出来一颗糖。

叶凡接过：“谢谢。”

薄荷糖放进嘴里，不像之前元梦给她的草莓味棒棒糖，是那种有些刺鼻但是会上瘾的味道。她本来有点昏沉，瞬间清醒了起来。

景区的大巴晃晃悠悠的，还放着藏语歌曲，车上有的人已经睡得打起呼噜，有的人不停地在拍照。车里的声音嘈杂，唯独他们这里安静得不行。

叶凡想说点什么，遍寻脑海都找不到话题，好像从昨晚开始，她就对简弋产生了新的感觉——想靠得更近一点，再近一点。

简弋看出了她的欲言又止：“怎么了？”

叶凡摇摇头：“就是觉得该说点什么，又不知道说什么。”

简弋嘴角动了一下：“你想说什么都可以，今天我可以当个陪聊。”

叶凡笑了：“行医圣手已经退休了吗？”

“对，这个是限时身份，已经过去了。”

“那么陪聊老师，你看一下窗外。”叶凡指着窗外，“那是你要的雪山吗？”

简弋的目光转过去，看着露出来的一点点山尖，上面覆盖着雪，说：“很漂亮，可惜不是那一座。”

“那一座是哪一座？”叶凡问。

话音一落，她就后悔了，像查户口一样。明明自己都知道答案，还是要问出来。

简弋没在意：“萨普神山。”

叶凡不解：“萨普神山到底为什么会成为那么多人的执念呢？它没有珠穆朗玛峰高，没有折多山近，为什么呢？”

简弋思索了一下，诚实地摇头：“我不知道。不过，还有谁对这里这么执着吗？”

“我男朋友啊。”叶凡说得无所谓，“我虽然记不得了，但还是有点印象，他应该很喜欢那座山，喜欢到疯魔吧，家里到处都是雪山的周边。”

“真好。”

他的眼神像是在想念什么，叶凡不明白他是在说她男朋友真好，还

是说家里到处是雪山真好。

但直觉告诉她，是后者。

“我好像还欠你一杯酥油茶，有机会的话，我把它换成一个雪山摆件吧。我家里有一个，做得很漂亮。”

简弋点头：“当然可以，求之不得。”

叶凡微微笑了笑。

他们之间的话题在远离生死的时候，一直都很平和，这种懒洋洋的态度，让叶凡能短暂逃离紧绷感，会有一种“就这样吧，成为藏区的一阵风”的感觉。

前座的元梦已经迷迷糊糊地醒了，李皓问她难不难受。

叶凡听着，觉得他们也有故事。

下大巴车走四百米就是冲古寺，车队的人下了车就开始分批往前去了，元梦还是和简弋、叶凡在一块儿。

元梦只背了个小包，简弋见叶凡的背包有点重，主动要帮她背。

叶凡推辞几次，见他坚持，只好交给了他。

冲古寺就坐落在仙乃日的下方。今天天气晴朗，整个冲古寺的金顶反射着温和的光线，寺的背后是仙乃日，带着白雪的圣洁，还有一片湛蓝的天空，万里无云。

简弋走在最前面，叶凡和元梦相互扶持着跟在后面。

洁白的墙就这样出现在眼前。

元梦还笑嘻嘻地说：“你看简哥，只穿白色的衣服，这下子和这里的墙撞色了，如果拍照肯定只能看清脸。”

叶凡被她的形容逗笑了，微微低头弯了弯唇角。

其实换句话说，简弋不只是穿着，就是把他扔在这里，他也和这里的氛围很搭。她从没在城市中见到任何一个像这样的人。

简弋已经快走到了，她们在后面追着。元梦喊了一句：“简哥，等等我们！”

简弋就在前面停下了脚步。

叶凡只走了短短四百米就有点乏力，刚刚看景区简介，之后还有将近三公里的路要走，也不知道自己来这里是对是错。

元梦放开叶凡的胳膊，拿出手机：“哥！你别动，这个角度太好看了，我给你拍一张。”

简弋在远处，闻言有点无奈，却也还是配合着，站在原地一动不动。

元梦速度快，拍完后把手机拿到叶凡面前：“太有氛围了，他简直就像是为西藏而生的！姐，你看！是不是超级好看？”

叶凡也凑过去看。蓝天、雪山、金瓦、白墙，还有一个简弋。

她赞同，简弋就是为西藏而生的。以她摄影师的角度来看，这张照片只要稍加调色，就一定能成为一张合格的封面。

两个人走到简弋面前，然后三个人一起往前走。

在远处看着冲古寺的时候，感觉恢宏无比，走到近处才发现到处都是断壁残垣。据说这里早就不用于宗教祭祀，建筑都毁坏严重，唯有小经堂里供奉着一尊泥佛。

元梦不能吸入太多灰尘，一进来就戴好了口罩。反观简弋，倒是恭恭敬敬地在泥佛面前拜了拜。

出了冲古寺，叶凡才问：“你不是不信吗？”

简弋却说道：“这里已经这样了，我只是觉得应当拜一拜。”

叶凡知道有一句话叫“泥菩萨过河”，这里倒是有点这个味道。叶凡有点后悔了，自己也应当拜一拜，不是为了什么心愿，只要能给这尊泥佛加一些愿力也是好的。

走之前，叶凡回过头去看，冲古寺还是一如初见时那样宏伟，只是看到立在墙前的碎石，就让人发自内心地觉得可惜。

简弋说：“走吧。”

叶凡点点头，招手让元梦一起走，等走出了点距离，元梦才把口罩拿下来。

接下来的路程其实就是不停地在雪山中间行走，叶凡有点累，走得很慢。简弋也没像之前走得那么快了，时不时会等等她。

“什么时候能骑马啊？”元梦在一边哀号。

简弋笑了笑：“快了。”

叶凡叹了口气，找了一块石头坐下：“你们先往前吧，我得休息一会儿。”

简弋不赞同：“先走，你现在停下就再也走不动了。前面很快就到草甸上了，那里还能暖和一点。”

叶凡也有往前走的心，但确确实实是挪不动了。自从上了高原，她的体力急转直下。

简弋也叹了口气。

叶凡低头平复着呼吸，现在的海拔将近四千米，她急促的呼吸都带了点腥味。

就在这时，前方突然出现了一只手。

是那只给她取针的手，手的主人的声音也在头顶响起：“走吧，我拉着你。”

叶凡抬起头，有些怔怔地看着简弋。简弋微微俯身下来，遮住了一片光，叶凡情不自禁地把手塞进他手里。她已经没什么力气攥住了，简弋单方面握得很紧。

元梦就在一边，有些担心地看着叶凡。

叶凡借着简弋的力气站起来，深吸一口气：“走吧。”

简弋就走在她前面，为了迁就她，走得很慢，但握着她的手力气极大，硬是把她从光下的阴影里拽到了有光的暖洋洋的地方。

叶凡没有看地面，一直看着他们牵着的手。她还能感受到两人的脉搏在剧烈跳动。

这就是心脏在告诉自己，你还活着，你还会为一个人悸动。

走了好久，终于走到了可以骑马的地方，叶凡毫不犹豫地交了钱，翻身上马。视野有点高，她没办法，只能目视远方。

元梦也骑了一匹马，跟在后面。她没骑过马，开心得手舞足蹈。

简弋不想骑马，就走在叶凡的马边。

藏族大爷扯着马绳，带着马安全地向前。

叶凡叫住简弋：“包给我吧，我放在马背上。”

简弋没推辞，直接把包递给她。

这条路的尽头是牛奶海，叶凡在马背上看得更远，前方有草甸、雪山，还有各种小动物在路上欢快地跳来跳去。她又去看走在身旁的简弋。简弋是看着雪山的。

“简弋，”叶凡说，“你看，那边有松鼠。”

简弋顺着她指的方向看过去，一只松鼠正抱着一个果核从小路中间穿过，他笑了笑。

另一边的草甸里站着几头牛，“哞哞”地低叫。

还有一段路是在雪山的半山腰上，伸手就能触碰到雪山上的积雪。叶凡没下马，简弋倒是去摸了摸，还抓了一点雪递给叶凡。

“谢谢。”叶凡把雪捧在手心里，看着它慢慢化开，最后变成捕捉不住的水。

四周都是雪山，游人们小声说话，牵马的人相互用藏语交流。叶凡突然想在这些细小的嘈杂之中听听简弋的声音。

她问：“你知道这几座雪山有什么故事吗？”

简弋思考了几秒，说：“一共有三座山。

“仙乃日雪山代表着观音菩萨，因为它看起来像观音菩萨坐在莲花台上手持宝瓶。那边的那一座，央迈勇，是文殊菩萨，不过比较远，很难近距离去看。

“最后一座，是夏诺多吉，它是金刚手菩萨。”简弋看着远处，“跨着斑斓的虎皮，腰间围着大蟒，代表勇猛刚烈。它的脚下是洛绒牛场，就是你刚刚看到的那一个。”

叶凡觉得他很有讲故事的天赋，明明只有几句话，却让人脑海中自动浮现出对这三座神山的想象。

“你可以去做导游了。”

“我不行，也只有你会听我说这些。”

路途很颠簸，叶凡回答得断断续续：“也不是，可能是只有我什么都不知道就来了。”

简弋笑了两声：“确实。”

尽管骑着马，也用了许久才到达牛奶海。

叶凡已经有不舒服的症状了，她从包里拿出氧气瓶，小口吸着。

这里被誉为“地球上最后一颗蓝宝石”，果真没错。山间的湖水清澈蔚蓝，之前还不懂为什么叫作“海”，现在才知道，这里的确配得上这一称呼。

叶凡被震慑得都忘记了呼吸，怔怔地看着眼前的景色。

元梦已经在藏族大哥的帮助下下了马，朝着牛奶海快步走去，手中的手机也不停地拍着。

叶凡是被简弋扶下来的，坐的时间久了，她腿还有些发软。经历过刚才牵手走了那么远，叶凡也不再矫情，自然地靠着简弋缓气。

“你要过去吗？”叶凡问他。

简弋摇头：“我在这里就可以了。”

“这么怕啊？”

简弋回答：“嗯，离得近了我会头疼。你去吧。”

叶凡也只好点头，独自往前走。简弋主动把她的包留在原地，叶凡只抱着一个便携氧气瓶走到了牛奶海旁边。这时正是午后，目光所及之处是冰冷的雪山，体感却暖洋洋的。

叶凡在湖边闭上双眼，呼吸着来自雪山的清新空气。

元梦走了一圈又回来，累得不行：“叶凡姐！和我拍张合照吧！”

叶凡还没反应过来，小姑娘就站在她前面拍了一张。她的表情还愣愣的，元梦却开心得不行：“我回去就可以和病友吹嘘，我认识了超级漂亮的美女姐姐。那群人都没怎么出过门，一定羡慕死我了。”

叶凡宠溺地笑了笑：“嗯，你还有个帅哥哥。”

元梦一拍额头：“对哦！我再去找简哥拍一张。”

叶凡目送着元梦蹦蹦跳跳走远。她想，如果自己没什么烦恼的话，会不会也是这样的性格，也是这么阳光这么招人喜欢？

牛奶海的风吹够了，接下来就要去珍珠海。叶凡先上了马，简弋还是走在她旁边。

“听说珍珠海很小的，你也不要靠近吗？”

简弋把冲锋衣的衣领微微拉下来一点：“我考虑一下。”

叶凡点头。

到地方下马的时候，一个小氧气瓶已经快被吸干净了。叶凡找了半天才找到一个垃圾桶，把氧气瓶丢进去，伸手要在包里再拿一个。

简弋拦住她：“吸氧会上瘾，之后到高海拔的时候就没用了。”

叶凡只觉得没有氧气自己真的会憋死，犹豫了一会儿，还是听简弋的话把氧气瓶放了回去：“我特别不舒服的时候再拿吧。”

简弋赞同地点头。

“你说人失去了氧气能活多久呢？”叶凡跟着简弋的步伐。

简弋道：“几分钟吧，这个分人。”

“分人……”叶凡呢喃，随后便说，“那我一定一秒钟都活不下去。”

简弋在前面笑了：“不要低估自己。”

叶凡反驳：“我这是了解自己。”

元梦刚刚跑急了，从叶凡这儿拿了氧气瓶吸着，听到他们的对话也加入进来：“我同意叶凡姐说的！”

叶凡摸了摸她的头：“我也同意自己说的。”

珍珠海是有山间小路要走的，时不时有树干可以靠一下，也不算太累。

走着走着，元梦对叶凡说：“姐，我觉得你好慢热哦。”

不知道她为什么提起这个，叶凡疑惑地问：“为什么？”

“第一天见你的时候，你都不会笑的，也不怎么说话。”元梦掰着手指头细数，“当时你身上就是温柔里带着点……嗯，带着点高冷！对，就是这样！我当时都有点不敢跟你说话！不过你现在真的好好哦，好爱你！”

叶凡被她逗笑了，主动勾起她的手往前走。

珍珠海旁边有小观景台，观景台上有缝隙，往下看就像是走在水面上，叶凡有点怕。

元梦跑远了，叶凡和简弋就背靠着护栏，看着远处的天空。这里正好是午后日光照射的地方，晃得叶凡都有点睁不开眼，简弋伸手挡在额头前。

这里只站着他们两个人。

叶凡说：“我们可能就是来晒太阳的。”

简弋纠正她：“是晒藏区的太阳。”

叶凡问：“有什么不同吗？”

简弋理所当然地说：“这里的日光更自由。”

他又开启了诗人模式。

叶凡笑道：“这句话很好，回去写在《飞鸟集》里面吧？”

“当然可以，不过现在书是你的，就由你来写。”

叶凡不解：“我写字一般，你不心疼吗？”

“不心疼。”

“我心疼。”叶凡不想毁掉一份艺术品，“短暂还你十分钟，你写下来再给我。”

“行。”

叶凡观察着简弋，他的目光半分都不分给久负盛名的珍珠海，真的有这么怕？

“你为什么这么害怕海？总不会还和故事有关吧？”

简弋一点都不在乎自己被人打听：“是有点关系。我以前掉进海里过，从那以后就讨厌水。”

“自愿的还是被迫的？”

“秘密。”简弋回过头来，语气中还带着点少年的顽劣。他仿佛在这一刻暴露了本性一般。

少年好啊。

少年的标配就是洒脱自由。

不看年龄的话，叶凡很想说，简弋确实是少年。

这里的风很大，吹得叶凡的头发直往旁边飞，珍珠海的蓝色倒映在他们眼中。叶凡和简弋在栏杆边待了几分钟，时不时聊两句，两人周身的氛围似乎和外界的流速都不同。

刘海儿有点扎眼睛，简弋抬手随意一撩，露出了一点额头。叶凡的余光注意到他这个动作，心里一抖。

她又想起那天，他从浴室走出来，一身湿漉漉的，头发还在滴水。她以前工作的时候给一些少年模特拍杂志，就有这种类似的造型。

不过叶凡觉得那些模特比起简弋来，都不太能够入眼。

余光里，简弋还在撩头发，头发却始终不听话地乱飞。

叶凡有点想笑，对简弋说：“我的皮筋要借给你一根吗？”

说这话的时候她就在想象简弋扎起苹果头的样子，他本就长得少年感，这样一来估计会像高中生。

简弋顿住了一秒：“不用，让它飞着也挺好。”

“不扎眼睛？”

“不扎。”他应当也是想象到了自己把头发扎起来的样子，表情不自然地拒绝。

叶凡这时候才发现他还有一种可爱的气质。也就是在这一瞬间才能感受到他性格里也有点任性，连回答都像是小孩子在回绝大人的好意。

叶凡有意逗乐：“应该会很好看的。”

简弋面色“平静”道：“嗯，会很好看，但它想跟着风飞一飞。”

叶凡笑了，笑得还挺开怀。

简弋看了她一眼，也笑了笑。

元梦终于拍完照跑回来了。

时间还早，最远的五色海在他们的商量下放弃了前往，三个人就陷入了不知道去哪里的尴尬。

简弋提议：“往下走吧？”

叶凡和元梦都同意了。要出景区仍然要坐大巴，来的路上没怎么仔细看风景，这时候就恰好给了他们时间。

有的路是山间的木板路，还有的宽阔地方的大树上挂了一些红绳。

元梦好奇地问：“为什么要在上面挂上红绳啊？”

简弋回答她：“也是祈愿的一种，有祈福的作用。”

元梦眼睛一亮，把袖子挽上去，露出一条红色的编织手链。她摘了半晌也没取下来，就把手伸到叶凡眼前。

叶凡观察着元梦的手，很瘦小，手背上还有扎针留下的瘀青，应当是长时间挂水的原因。她对元梦说：“要不就别摘了，这条手链应该跟了你很久。”

元梦摇头：“没关系，这条手链本来就是求个平安的，挂在树上也算发挥它的价值啦。如果我还能再来一次，就可以把它找回来。”

毕竟是她的决定，叶凡也不好拒绝，伸手上前，动作细致地把手链解开。元梦从叶凡手中接过手链，找了最细的一根树枝，把手链挂上去，挂好之后还双手合十拜了拜。

叶凡莫名看了一眼简弋。他也在看那条手链，不知道心里在想什么。她伸手扯了扯他的袖子：“要不要让元梦把手链拿回来？毕竟只是个传说而已。”

简弋小声回答：“这也是种念想，有什么不好的呢？”

叶凡一愣，念想？

这种东西太过于虚无缥缈。她看过一本书，讲关于吸引力法则的，里面说得最多的无外乎就是念想二字。

她思维跳跃，去问简弋：“念想真的会所念皆成吗？”

本以为简弋是不相信这些的，他却在她面前重重点了头：“会的。”

他这肯定的模样让叶凡有点心动，她没忍住，蹲下身来，一边把裤脚翻起来，一边说：“我相信你。”

说完，她就从脚踝上摘下了一条红绳。跟元梦那一条蛮像的，但是细微的不同之处就是，她的这一条看起来廉价不少。

叶凡一直戴着这条红绳，却不知道哪里来的。应该也是男朋友给买的吧？

简弋问道：“想好了？”

叶凡说：“想好了。”

简弋冲着她伸出手，叶凡有点疑惑。

“据说挂得越高越灵，我给你挂。”

“你怎么不给元梦挂？”叶凡“做贼心虚”地看了一眼元梦。

“这种念想你应该更需要。”简弋从她手中接过红绳，“帮你求个好运。”

她没接话。

简弋也没继续说，上前去找了一处高的枝丫，轻柔地拨下一点，把手中的红绳搭在上面。叶凡突然有点不舍得，想要回来。

这个念头也只是出现了一瞬，反正只是一条没什么用的东西，甚至之前还掉色，染到了她的皮肤上，挂了也就挂了。

比起那些，现在的简弋更加养眼。

他高高瘦瘦的，也不需要踮脚，直接就能碰到她碰不到的领域。他细长的手明明是用来写字的，此时此刻却在帮她俗气地挂“念想”。

也不知道自己最近是怎么了，简弋的一举一动都会在她眼里无限放大。自己就像是个叛逆期的小孩子，之前明明警告过不要靠近、不要产生交集，但心底永远不遵从，只要他出现就忍不住往前靠。

这种状态不太妙。

叶凡用力把粘在简弋身上的目光收回来，看向别处。没几秒钟，她又忍不住转头回望。

简弋已经挂好红绳转过身来，微笑着看着叶凡，慢慢往这边走：“去许愿吧，会灵的。”

鬼使神差地，叶凡真的走了过去。

她没有像元梦一样双手合十，而是执着地瞪大眼抬头看。那根绳子就在树上随着风晃悠，红得扎眼。

她又想到简弋那一身白。

元梦已经回来，对简弋说：“叶凡姐干什么呢？”

简弋用带着笑的语气回答她：“在许愿呢。”

许什么愿望好呢？

叶凡像是被架着，双手抬到身前，虔诚地合掌。

那么，就雅江的那一场雪，希望在之后能够再看到一次吧，还是和这个人一起，雪景里的简弋还是很养眼的。

他们三个人比大部队早了将近两个小时出来，观光大巴空得很。叶凡有点晕车，到景区入口的时候，吹了好一会儿风才缓过来。

车队约定好的时间是下午五点，也没有别的事可做，旁边有小店可以吃糌粑，叶凡便把两个人都带了过去。

小店不大，桌子是木质的，感觉上面都泛着一层油。简弋有洁癖，从坐下就开始擦拭面前的桌子，顺便连叶凡面前的也擦好了。

老板娘看面貌是个藏族人，带着笑走过来，用不太标准的普通话问他们想吃什么。这里也没有菜单，所有的东西都在木板上写下，挂在了墙上。

元梦问道：“你们想吃什么？”

叶凡其实不饿，摇摇头：“你们点吧，我请客。”

元梦马上说：“不行，怎么能让你请客！”

叶凡下意识地侧头看了眼简弋，好巧不巧，简弋也在望向她。她思索了一下：“我欠你简哥一杯酥油茶。”

元梦回道：“那也是简哥，你请我我会不好意思的！”

叶凡笑了笑：“那你也欠我一杯酥油茶好啦。”

元梦拗不过她，只好点头，来来回回看了她和简弋好几圈：“你们两个怎么还欠酥油茶？明明我们的行程都一样，我怎么没喝过呀？”

叶凡的笑僵在了脸上，一时间不知道怎么回答，转过头求助般看着简弋。

简弋揶揄着回望过来，慢悠悠地说：“你叶凡姐姐的伤口是我帮忙包扎的。”

他实话实说，只不过是把这个话题轻飘飘地盖过了。

元梦若有所思地点点头。

元梦好奇藏族特色，又记得之前的话，于是最后一人来了一杯酥油茶。

吃完，叶凡去结了账，老板娘还用藏语说了句：“扎西德勒。”

叶凡也双手合十回了一句。

走出小店，也差不多到了时间，该往停车的方向走了。

叶凡走在前面。

景区里出来了不少人，看装束上应该是自驾游的，声音很大，朝着叶凡过来。

叶凡本意是把路让开，不想添麻烦，谁知道这群人就是奔着她来的。

一个男人拦住了叶凡的去路，叶凡不由得皱起眉头。

“你好，可以加个微信吗？”

叶凡不知道该说什么，这群人身上带着的气息让她非常不适应。别说加微信，甚至连交流她都不想。

叶凡刚要开口说话，身后就传来了简弋的声音，还是那样温文尔雅：“抱歉，她不加。”

听见这句话时是什么感受呢？叶凡只觉得复杂，她一方面是庆幸，一方面是恼怒。短短几天的相处，她已经充分意识到自己动心了，庆幸的是他竟然走上前来帮自己拒绝。

恼怒的话，是因为叶凡不知道他是否对所有人都这样。他看起来温柔无比，和谁都可以聊，她抓不住他。

如果不是因为她，只是他骨子里的教养使然呢？

叶凡冷下脸，没说话。

那群人倒也没纠缠：“有男朋友就算了，哈哈。”

叶凡在等简弋反驳，好打消她心里的不畅快。

可惜简弋没有。

他只是还如往常一样站在叶凡的旁边，等待后面逛着走的元梦，什么都不解释。

这一刻，叶凡心里不舒服到了极点。按照往常，她应该只是平静地站着，此时此刻却再也按捺不住自己，闷声往前走。

她听到了简弋在后面不紧不慢跟着的脚步声，鼓足勇气开口：“简弋，为什么要帮我拒绝？”

简弋的声音从后面传来：“我觉得你不喜欢这样。”

叶凡反问：“我不喜欢什么？”

简弋说：“不喜欢这样被拦住、被打扰。”

还真是被他说准了，可叶凡想得到的答案不只有这个。她拧巴得要命，想听到又不想听。于是她接着问：“没有别的原因？”

简弋的脚步顿住，几秒之后才回答：“没有。”

心里泛出来的感觉是什么呢？叶凡低下头笑了笑，感觉只有悲哀。也不知道为什么，这样一件小事就能把她一直引以为豪的表面宁静打破。

她是个自私的坏人，明明早就跟自己反复强调不要和谁产生交集，却控制不了自己跳动的心；明明已经劝诫自己要坦然，但当真的听到回答时，还是会失望无比。

叶凡轻声说：“我觉得你有别的原因。”然后停步下来，回过头去直白地看着简弋。

简弋似乎是愣住了，对上她的眼神，又自嘲地笑了笑：“嗯，你说对了，我有。”

听到这话，叶凡也不知道该怎么回答。她倒宁可简弋说上一句“你说有就有吧”，或者是一句“真的没有”。

“我有”这个答案，是她不曾设想过的，也不必再继续问了。

元梦已经从后面追过来了。

“你有，我也有。”叶凡说了最后一句，听起来像是电视机里早几十年的广告词。

简弋没再说话。

元梦听到了走过来：“你们又在打哑谜吗？”

叶凡勉强笑了笑：“不是，我在说诗句。”

“什么诗句啊？”

“《飞鸟集》里的。你问简弋吧。”

元梦又单纯地去问简弋。

简弋面无表情，眼睛里倒是有光闪动着。他说：“她热切的脸，如夜雨似的，搅扰着我的梦境。”

叶凡面上一滞，下一秒又恢复了正常。

只剩下元梦说：“好浪漫。”

浪漫不能当饭吃，李皓和大部队都下来了，见他们已经在车边，招呼他们上车。坐车回理塘的路上，元梦和李皓聊得欢畅，而简弋和叶凡一句话都没有说。

叶凡还在回想着那句“我有”。

简弋到底为什么能做到这么坦率？

回到理塘，叶凡从包里拿出氧气瓶罩在脸上，这边的海拔她还不能完全适应。李皓敲定了饭店，带大家去吃饭，叶凡和元梦坐在了一块儿。

这个海拔自然没有喝酒这个节目了，车队里的人就扎堆聊天。李皓想带他们加入别桌，叶凡拒绝了，说要出去透口气。

这家饭店的装潢很有特色，而且是藏式民居，所以是低矮的小房子，还有一条梯子能上到房顶。叶凡自然是不敢，只能坐在梯子旁边抬头看月亮。

“怎么坐在这里？”简弋也出来了。

好几个小时没说话，叶凡还有些尴尬，小声回了一句：“里面好吵。”

简弋笑了：“你是在为下午的事介怀吗？如果是的话，抱歉。”

叶凡摇摇头，他没什么需要抱歉的，他明明什么都没做。

又是几分钟无话，简弋靠在墙边，突然问：“你想上去看看吗？”

“太高了。”叶凡言简意赅。

“没事。”简弋笑了，“我在你身后，你不用怕。”

叶凡望向他，他带着笑意的眼里什么情绪都看不出来，依旧坦坦荡荡的。她也不知道从哪儿升起来的勇气，站起身，点头。

“上面的景色一定很美。”简弋说。

“但愿吧。”叶凡把手撑在了梯子上。

叶凡根本不知道自己是怎么上去的，梯子下的悬空让她目眩，简弋始终跟在她后面一格。她用力攥着梯子两边，攥到手都泛红，双腿打着哆嗦，走一步就要简弋扶一下。

因为位置的原因，简弋每次扶她，都只能搭在她的腰上。她本就害怕，腰上传来的触感像羽毛一样，轻轻扫动着，更是让她十分不适应。

好不容易爬到顶，还要踩着瓦片，脚下传来声响。

等到简弋扶着她在梁上坐稳，她已经开始大口呼吸，本来就高反，这时候更加难受了。

她自嘲般笑了笑：“这就是看月亮的代价吗？”

简弋坐在她旁边：“是啊，想得到什么都是需要代价的。”

房顶上还是很脏的，简弋明明有洁癖，还是毫不犹豫地坐下了。

她疑惑地问：“你不是有洁癖吗？这里有点脏。”

简弋乐了：“看美景的代价啊，洗衣服。”

叶凡不知道该怎么回答。

这里的景色确实不错，天空是晴朗的。没错，是晴朗的夜空，连星星都很少，天上的月亮像是伸手就能触碰到。

叶凡看入了神，身边又传来瓦片挪动的声音，她扭头一看，是简弋的腿太长，只能虚虚地搭在瓦片上。

安静的藏夜，唯一的背景音是小房子里吃饭聊天的嘈杂，气氛正好，叶凡突然就想问一问他。

“今天为什么说有别的原因？”

简弋深吸了一口气，却没有正面回答她这个问题，只是说：“我这辈子只有一个愿望。”

“是什么？”叶凡问。

“流浪啊。”简弋双手撑在身后，用一种极其慵懒的姿态看着天上的月亮，“我发过誓，这辈子都要在路上，永远不要停下。一旦停下，估计就是我的死期。”

叶凡听懂了。

“可你不尝试一下，怎么知道停下的自己会过得不好呢？”

“我之前的人生全部都是停止的。我知道那是什么感觉，我只要停留在一个地方，就会发疯。”简弋还是云淡风轻地说着，“我只想像飞鸟一样，永远盘旋着。”语气中是深深的感慨。

这不知道算不算是一种变相的拒绝，他说他有，但他不能为了这简简单单的“有”而放弃自己的夙愿。

放在今天之前，这样的气氛下，叶凡一定会追问到底发生了什么，可今天她就是不想再问了。不想说的人，你就算用刀子顶着他，他也不会说。反正自己也没有亏，只是一段旅程中遇到了合心意的人，并没有哪条规矩说明了，只要合眼就必须为别人牺牲一些什么。

他们只是旅伴，叶凡想着。

她平顺地转移话题：“明天去哪儿？”

简弋思考了下：“东达山。”

“那里美吗？海拔高吗？”这名字很好听，叶凡问询的话语里都是向往。

“美。”

闻言，叶凡也学着他把双手撑在身后，放松下来，忽视面前的高空：“你说的不准，在你眼里，应该这一路都很美。”

“是这样的。”简弋肯定。

“等我回去搜一下。”

简弋却说：“总归都是要去的，当作惊喜好了，到时候就会知道。”

叶凡突然想到之前有一种叫盲盒的东西风靡他们办公室，小姑娘们都爱买两个摆在桌子上。简弋说的话，莫名地和盲盒的理论相似，她把自己想到的说给简弋听。

简弋：“盲盒？我知道。”

叶凡感慨：“你居然知道，我以为你是很古板的那种。”

简弋一笑：“我有个表妹，很喜欢买，每次来我的房子的时候，都要带上两个。”

想不到简弋也通网，叶凡被自己的想法逗笑了。只言片语里，她还从简弋的口中收获了点家庭信息，她感觉自己就像以前动画片里的神探，从这丝丝点点的线索里推断着简弋经历过的事情。

“你的房子？不是你的家？”

简弋沉思：“流浪的人没有家啊。”

“正常情况下，流浪的人也不会有房子吧？”

简弋挑挑眉：“那我是个例外。”

“流浪的人也没有家人。”叶凡继续“挑刺”。

简弋却一下子沉默了，半晌才回答她：“我确实没有家人。”

察觉到他心情低落，叶凡只能暗暗纳闷，没有家人，表妹又是什么呢？

只不过她没有问出口，但一个不防备，纠结的表情就露在了脸上。

正巧简弋扭头看她，也看到了这个表情。

他干脆主动解答：“他们都不是我的家人，至少在我心里不算是。”

叶凡装作了解地点头，也没再往下问，格外注意地变回了平静的表情。

其实这房子顶上哪儿哪儿都好，偏偏就是风大，大风吹得叶凡手都有点僵了。她也不好意思说想下去，因为简弋在她身边正看着月亮发呆。

她两只手放在一块儿搓了搓，把帽子扣在头上。此时的月亮被吹过来的一小朵云挡住，变得模糊起来了。简弋好像也注意到了她的寒冷，先一步提出：“走吧。”

叶凡求之不得。问题是爬上来还好，她要怎么下去呢？看起来那么高。

她也提出了自己的困扰：“要不你先下去，我慢慢挪试试。”

简弋摇摇头，背对着她蹲下来，示意她趴到他背上。

叶凡一惊，这可是房顶，还要爬悬空的梯子，简弋背着她下去，一个不稳可能受伤的就是两个人。

她拒绝道：“要不……还是算了。”

简弋背对着她，叹了口气，语气轻松：“没关系，既然是我带你上来，肯定是要带你下去的。”

叶凡见他信心十足的样子，也不好再说些什么，闭了闭眼，下定决心趴上了他的后背。靠在宽阔的肩上的时候，她还在想着，短短几天，简弋已经背了她三次。

他看着瘦，实际上力气很大，脚下稳稳的。

房顶再加上简弋的高度，已经足够让她开始颤抖。本来她还不愿和简弋离得太近，但在意识到自己开始头皮发麻的时候，她再也没有选择——像上次喝醉时那样，双手在简弋的颈前交叠，脸埋在他的后颈，双眼紧闭。

在一片漆黑里，叶凡能感受到他踩到了梯子，他很小心地用一只手绕在背后扶住她——这种时候他竟然还能单手下梯子。

没几秒，叶凡就感受到了来自平稳落地的晃动。她试探着睁开眼，见两个人平平安安落地，长舒了一口气。

简弋轻柔地把她放下，她还是有点腿软，晃了一下，好在简弋及时扶住了她。

叶凡平复呼吸几秒钟后，简弋问：“没事吧？”

叶凡摇摇头，意识到自己的神色好像有点太严肃了，赶忙笑了笑：“还挺刺激的。”

简弋也笑了：“那就好。”

叶凡跟在他身后回了饭店内部，李皓他们正好站起来准备离开。

元梦见他们回来，问道：“你们去哪儿啦？我正要去叫你们呢。”

叶凡笑了笑：“去看了月亮，今天的月亮还挺圆的。”

元梦一下瞪大了眼：“哇！这么好玩的事情没叫我！”

简弋抢先回答：“下次叫你。”

叶凡无语地看了一眼简弋，他那糊弄人的语气，哪有一点认真的样子？

元梦单纯地点点头，想了一下：“对了，李皓哥说要带我们去转经筒，能祈福的！据说是超级大的经筒！”小姑娘边说边比画着。

叶凡顺着她的描述想象了一下，也没想出到底是多大的经筒。正逢大家都在往外走，她也不再自己猜测，跟着往外面溜达。

元梦说离得很近，不用开车，所有人都步行。

叶凡了然地点了点头，走在人群的最后。

简弋也放慢了步子，走在后面。刚刚天上被云遮了点的月亮又露出来了，叶凡抬头看着，丝毫没注意脚下。

前面的人多，元梦闹着要去前面。叶凡点点头，示意她自由去，但眼神还是留在月亮上。

这个角度和房顶上看到的风景很不一样。

渐渐看入了神，她蓦然感受到手臂上传来一阵大力，迫使她停在了原地。她皱着眉去看，发现是简弋扯住了她的手腕。

她一脸疑惑。

简弋无奈，指了指脚下："小心。"

叶凡这才发现，如果不是简弋拉着，自己此时应该已经走进了一个小坑里，轻则崴脚，重则摔倒。

叶凡连忙说："谢谢。"

简弋摇头："看着点脚下，这边很多地方的路都不是很平整。"

叶凡表示自己知道了。

大概走了五分钟的样子，一伙人就到了经筒的位置。叶凡看着面前，才知道元梦说的"超级大"是什么意思。

通体金黄的经筒矗立在高台之上，至少有几个人高，亮闪闪的，反射着金光，照在每个人的脸上。也许是他们来得晚了点，这里并没有其他人。

李皓在前面招呼着大家，让大家一起推动经筒，只要转动，就会收获好运。

叶凡心想，这一路的好运，还真是不少。

简弋在旁边看了她一眼，问：“去吗？”

“嗯。”叶凡点头。

这个经筒不仅仅是看着高，推动起来也难。车队里的人围成一圈，每个人都在用力，扯着低处的把手推着，经筒却纹丝不动。叶凡的手都磨得有点疼了。

李皓在其中一处发号施令：“我说‘一二三’，我们一起朝着一个方向用劲。”

“行！”

“好嘞！”

许多声音回应着他。

“一、二、三！”

这种团队协作的时刻，叶凡也没忍住，用了很大的力气。简弋就在她前面，看着很像没用什么力，结果叶凡视线往他的脖子上一扫，才发现都有点青筋突出来了。

她低头弯了弯嘴角。

这一次很顺利，在大家共同的“心愿”下，经筒转动了起来。因为之前的困难，现在有不少人在欢呼，热闹的氛围把叶凡都带得精神了不少。

叶凡又抽空看了眼月亮，也没经过大脑思考，对前面的简弋说：“简弋，好像真的会有好运。”

简弋的声音顺着风传过来：“是啊，转动了就会有好运。”

叶凡本来还想收回手，把手实在是有点凉。听到简弋这个回答，她就出乎意料地继续往前推动着。

众人在经筒的位置停留了很久，最后李皓招呼大家一起回酒店。

叶凡一进酒店房间，就想起简弋在这里读了几个小时诗的样子，又想起今天几乎一天都在出行，简弋昨晚没睡，今天白天也没有时间补眠，到底怎么撑过来的。

她太知道那种睡不着身体又非常劳累的滋味了。

简弋就住在同一层楼，只是没有像在雅江一样的阳台。

叶凡深思熟虑了一会儿，咬咬牙，还是出了门。走到走廊尽头的那间，她轻轻敲了敲门。

没几秒，她就听到走过来的脚步声，但不是简弋那种“悠闲”的感觉。她皱皱眉，难不成是自己记错了？

这时，门在她的面前敞开，是一个不认识的男人。

叶凡叹了口气，面对着陌生人一股子被打扰的不耐烦的脸色，说了句对不起。

都怪自己上楼的时候没有仔细看。

她鼓起来的勇气已经耗尽，准备回到自己的房间，身后却猛地传来开门的声音。

叶凡下意识回过头，发现简弋正穿戴整齐地站在对门，面色平静地看着她：“怎么了？”

叶凡愣愣地问：“你怎么突然开门了？”

简弋轻轻靠在门框上：“我听到了你的声音。”

这里的房间有这么不隔音吗？

简弋又问了一遍：“怎么了？”

叶凡说道：“我来找你。”

简弋把门口的位置让开，走了两步才回过神来：“屋里有点烟味。”

“没关系。”叶凡说，“我男朋友也抽烟，我不介意。”

简弋问：“不是忘了吗？”

叶凡才发现逻辑上的漏洞，赶忙边走边解释：“家里有烟灰缸，里面有很多烟头，还跟你抽的是一个牌子。”

意识到自己的话似乎不太吉利，走进房间的一瞬间，叶凡又补了一句：“我不是那个意思。”

简弋摇摇头示意没事，走到窗边，把窗户推开。

叶凡简单扫视了一眼，桌上的烟灰缸里有很多烟头，数量大得惊人。

简弋又在他的背包里找出了个什么，伸手递给叶凡，说：“先委屈你一下。”

是一只口罩，新的。

叶凡把它捏在手里，看了一眼，重复了一遍：“真的没关系。”

简弋搬了一把椅子，放在床边：“你先坐这里吧。”自己则坐在了床边，“二手烟对身体有害。”

叶凡拗不过他，只好把口罩展开，戴在脸上。

“找我有什么事吗？”简弋问。

叶凡不知道该从何说起。

她刚回房间就觉得自己不习惯，人还是不能太“骄纵”。昨晚经历了有人陪着的一夜，今天就再次对独自入睡产生了恐惧。她思索半天，头脑一热，就给出了这个回答：“我来报恩。”

“报恩？”简弋表情有点僵，“什么恩？”

叶凡闭了闭眼：“你让我休息好了两次的恩。”

简弋摆摆手：“我只是跟你说了说话。”

她才不执着于这个话题，一咬牙，还是把自己的目的说出来了：“我看你今天完全没休息，我是来提供哄睡服务的。”

简弋睁大了眼，像是从没经历过这样直白的话语。过了半晌，他才摇摇头：“没事，我已经习惯了。”

叶凡不给他反驳的机会：“我已经来了。你这样熬会熬坏的。”

她说完，就按着简弋的肩，想让他躺下。

简弋一时没反应过来，下意识用了力，叶凡不仅没推动他，还一个不小心，往前踉跄了一下。

简弋急忙伸手去扶，他一只手揽着她的肩膀，一只手扶在了她的腰上。两人对视一眼，同样不知所措，还有点尴尬。叶凡终于有机会近距离看到简弋的睫毛，真的好长。

这样的姿势维持了好久，叶凡才反应过来，急忙站直，没敢直视简弋的眼睛：“你不用真的睡着，闭着眼就行，不然我良心难安。”

叶凡没看着简弋，自然没注意到简弋正看着她发呆。也许是抽了太多烟的缘故，他嗓音有点低哑：“你不用尝试了，我睡不着的。”

叶凡深知不能跟他僵持更久：“闭目养神也是休息。我今天是救世济人的菩萨，你要听我的。”

她又上前去推简弋。她吸取了刚才的教训，简弋会自己用力，她就也用了很大的力气。只是没想到这次简弋收住了力，一个没留神就被叶凡给推倒。叶凡自己用力过猛，没办法站直，又一次扑到了简弋的身上。

比上一次还要尴尬，叶凡的手撑在简弋的肩上，看起来像是扑倒了他。他们的脸离得极近，叶凡一时都晃了神。简弋就那样深深地看着她，眼里不知道在翻涌着什么情绪。

叶凡知道，自己的眼里也一定有什么在“破土而出”。

她私心想这样僵持，但那太过自私。简弋搭在她腰上的手没有用力，率先放下，搭在一边。叶凡撑着床爬起来，这一次更是不敢看他。

简弋无奈，闭了闭眼。

“你躺好。”叶凡视线乱转，就是不看床上的人，“我给你……读诗。”

简弋照做了，只不过穿戴整齐，人躺直，双手叠放在身上。

叶凡瞄了一眼，整个人怔了一下，这样的姿势好像在哪儿见过。

她在脑海里思索着，突然灵光一动——进火化炉时候的男朋友。

叶凡恨不得掐自己一下，想这些做什么？

为了掩饰自己的慌乱，她从身后拿起自己带来的《飞鸟集》。

简弋一副任由她去的样子。

她翻开书页。

她的嗓音并不动人，还带着点很久没休息的沙哑。和简弋之前一样，她从第一首开始读，还会时不时读错。错了的时候，躺着一动不动的简弋就会轻声纠正她。

“有一次，我们梦见大家都是不相识的。

“我们醒了，才知道我们是相亲相爱的。”

台灯的光昏暗，叶凡读到这首的时候，心里有点慌。

简弋默默开口，小声纠正：“我们醒了，却知道我们原是相亲相爱的。”

叶凡有点怔住，不知道为何，这句诗会给她带来不一样的感觉。她的心绪烦乱，不过还是强迫自己一点点读下去。好在后面也没读错，简弋也没再开口。

叶凡读累了，昨晚也没睡好，丝丝缕缕的困意传来。

她想，自己都会困了，真好。

简弋的呼吸已经平稳，不知道是不是进入了梦境。叶凡小心翼翼地放下书。

她不想回到房间里，不想孤独地面对冰冷。

她对自己说，就这一次。

她蹑手蹑脚地坐在了床边的地毯上，双手搭着床沿，在简弋的旁边默默闭上眼。床板硬没关系，坐着腰疼也没关系，有台灯晃着也没关系，只要不让她再独自一人面对梦境和漆黑的夜就行。

叶凡睡着之前还在这么想。

她又做梦了，但她很清醒地意识到这个梦不像之前那样。梦的主角从看不清脸变成了简弋。她还记得这个场景，上一次的梦也是在一座雪山下，她坐在简弋怀里，简弋在跟她说话，但她听不清楚。

梦里的叶凡都记得自嘲，要不就是看不见脸，要不就是听不见声音。

这一场梦没如她所愿，醒来的时候外面的天还是黑的。

叶凡有点茫然，自己并没有靠床卧着，而是躺在了床上，还盖着被子，暖和得不像话。

移动视线，她看到了站在窗边的简弋。他的目光和平时不同，好像一潭死水，就那样透过窗子望着外面。

叶凡有点恼，但还是努力心平气和地问："简弋，你睡着了吗？"

其实明明已经知道了结果。

简弋循着她的声音回头，微微动了动嘴角：“听真话还是假话？”

“真话。”叶凡直视着他的眼睛。

“睡着了。”

“你骗人。”叶凡立刻回道，“你说话有个小习惯，不管是什么样的场景，都会直视对方的眼睛。”

简弋却说：“没。我只是……有点不敢看你。”

“为什么？”叶凡问。

“不为什么，我自己的原因。”简弋避过这个话题，“那么你要听假话吗？”

明明早就知道答案，叶凡还是点了头。

简弋走过来，坐在先前叶凡坐的那个凳子上：“假话就是……我没睡着。”说完，他笑了笑。

叶凡不太相信他真的睡着了。但他是看着她的眼睛说的，找不到破绽，她只能一直看着他。

简弋笑了出来：“我睡了十几分钟，真的，救世济人的菩萨，感谢你。”

叶凡这才松了一口气。

简弋本来就休息不太好，还把她搬到了床上。

叶凡有点过意不去，问：“现在几点了？”

简弋看了一眼时间：“四点。”

这一句对话说完，又陷入了不知道说什么的氛围。

叶凡思考了一下：“简弋，我梦到你了。”

他像是有了兴趣：“梦到什么了？”

“我们在一座山前，不知道在说什么。”叶凡好像在透过简弋看远方，“不过可以肯定的是，心情不错。”

简弋点头：“那就很好。”

叶凡话锋一转：“我们的行程并没有萨普神山。”

不明所以，简弋也没回答，只是直视着叶凡的眼睛。

叶凡继续说：“所以，旅程结束后，要和我一起去萨普神山看看吗？”

简弋愣了一下，随即说道：“可能要租车自己开。”

“去。”

“可能大雪封路。”

“去。”

“可能高反。”

“无论怎样，都去。”

“好。”

叶凡在得到简弋的回答之后，直接找了一个租车软件，点开之后才反应过来，自己正躺在简弋的床上。

屋里没有空调，她从被窝里钻出来还是有点冷，微微瑟缩了一下。

简弋似乎是看到她的动作了，对她摇摇头：“没事的，你躺着吧。早上有点冷，小心不要感冒了。”

叶凡私心不想拒绝他，又挪动着回到了原位：“你不冷吗？”

简弋摇摇头。

“你真的好久没有休息了。”叶凡直视着简弋，他的眼下都有点青紫色泛出来，“再这么熬下去不行的。”

简弋回道：“我的身体我知道，入睡就会做梦，它当然要费尽心思地拦住我了。”

得到回答，叶凡也没办法多说了。外面还是黑漆漆一片，她不想回房间，只能继续寻找话题。

“租个什么车型比较好？”

简弋思考：“路途其实很长，最好是越野车吧。”

叶凡点头，在软件里找到拉萨本地的越野车型，她看不明白，就把手机递给了简弋。简弋接过去，没有像她一样看不懂，通过他手指的动作一看就知道他对手机软件很了解。

她有点愣住：“你不是没有手机吗？”

简弋笑了笑：“来了西藏才没有的。”

所以他的意思是，之前在广州都是有手机用的，来到西藏就不用了？

叶凡更疑惑了。

“那你也有微信？”叶凡问。

简弋点头：“不过上面都是些无关紧要的人，不重要，不理也没什么负担。”

叶凡发现自己越来越看不透他了。

他们找车就找了两小时，最后确定下来，叶凡在平台上下单。简弋想给她钱，她以拿现金不方便为由拒绝了。

简弋被拒绝也不恼：“手机可以借我一下吗？”

叶凡不知道他要干什么，点点头，递过去。

简弋点开微信，当出现叶凡的聊天框时，他把目光移向别处，盲点了切换账号，迅速把自己的账号和密码输入好。

一登录，叶凡手机的提示音就没停过。

叶凡扫了一眼，消息框里全部是红点。

简弋面色不变，没有一点要理的意思，点开添加好友，递给叶凡。

她明白了他的意思，是要加他为好友。

可能是因为简弋实在太过于神秘，叶凡对于加他为好友这件事产生了巨大的忌惮感。自己是真的能触碰到他世界的人了。

两个人，一部手机，传来传去，最后又回到简弋手里。他点开叶凡的消息框，转账，一气呵成。

叶凡有点茫然：“你很不喜欢欠别人的吗？”

简弋把手机还给她：“也不是，我觉得这些东西会影响人与人之间的情感。我不缺钱，但我缺情感。”

叶凡似懂非懂。

他的本意不是说钱，而是说这种联系方式。可能是在他看来，隔着网线，远不如面对面的沟通来得热烈。

叶凡赞同，把手机收了起来。

简弋见到她的动作还有点疑惑：“怎么了？”

叶凡莞尔一笑，突然坐直凑近在床边坐着的他：“我觉得你说得对，不如就这样说话。”

她从没这么大胆过。

两个人的距离只有几厘米，叶凡都能看到简弋脸上的一颗不明显的痣，就长在太阳穴的位置。屋子里没开灯，昏昏暗暗的，但叶凡还是看到简弋的耳朵红了。

这个男人，从见第一面开始就是泰然自若的样子，没想到还会不好意思。

想到这儿，叶凡退回去，笑了。

这大概是她最勇敢的时刻，有且应该只有一次。主要是在简弋身边，她很安心。这种感觉就像简弋说的飞鸟，飞了很远，终于找到了自己的树。

叶凡轻描淡写地把这一段揭过：“你想抽烟吗？”

简弋犹豫了一下，还是点了头：“有点不习惯。”

台灯就在叶凡身侧的柜子上，她弯腰过去打开。头发顺着肩膀散下来，她用手拨了一下，紧接着下床打开了窗户。

“抽吧。”她心情不错。

简弋摇头：“二手烟不健康。”

“没事，你也给我一支吧。”叶凡看了眼窗外，冷风吹得她一个激灵。

简弋没回答。

她回头去看，才发现他一直在看着她。

半晌，他像是想明白了什么，点头，把一支烟递给了叶凡，随之而来的还有一只打火机。

叶凡深呼吸，说：“其实，我不是他们眼里的乖乖女。我记得我以前抽烟的，忘记因为什么戒掉了，可能是我男朋友吧。”

“戒掉很好，烟不是好东西。”

“那这样吧，如果以后还能再见，你戒掉烟。”

这当然只是她又一个盛大的想象，以后再见不太可能了，在离开之前劝人注意身体这件事，说不定能积德。

简弋笑了：“好。”

第七章

东达山

天亮了，叶凡又恢复到了平时的样子，仿佛昨晚的放肆是一场梦。只有租车平台发来的短信告诉她，一切都是真的。她打了个招呼，回到自己的房间。因为理塘的海拔，她也不敢洗澡，只能坐着发呆。

出发的时候是早上八点，一上车李皓就再次给她递了晕车药，说今天有一段路的路况不好，可能会晕车。

今天是去东达山垭口，听说那里海拔也非常高。叶凡已经做足了准备。

简弋也上了车。

叶凡偷偷盯着他，他上车就靠在了车窗上。她想到他休息的时间，又问了一句：“要毯子吗？”

简弋没推却，点了点头。

叶凡下车去把毯子拿上来，递给他，他就随意地盖在了身上。

叶凡总觉得他们之间的氛围变得有点奇怪，又说不上哪里奇怪。

还是元梦揉着眼睛提醒：“你和简哥感觉认识了很久一样。”

叶凡恍然大悟。

不管是去他的房间，还是递毯子，还是一起去萨普神山的约定，这都不是相识这么短时间的人该做的事情。

这个认知让她再也没法堂而皇之地欺骗自己。

她就是动心了。

到东达山垭口会途经一片烂石路，这是李皓说的。在叶凡的想象里，烂石路应该是像那种普通路的破败版，只是会颠簸一点。

直到真的途经这里的时候，她才知道，还是自己孤陋寡闻了——这几乎是泥沙和天然碎石拼凑而成的。

车自从开上这个地界，就在一刻不停地晃动着。因为剧烈颠簸，叶凡放在车门上的矿泉水瓶一下一下敲打出声响。

她看了一眼简弋，还在睡着，估计是真的累坏了。他的头晃动着，一下一下轻撞到玻璃上。

叶凡看着都觉得有点疼。

她把安全带扯松了一点，从座椅背上拿下来一个小小的靠枕，在元梦的目光下，凑上前去。

车辆晃动让她不能精准地放好靠枕，只能抓着简弋的座位，努力地探过身去，顺着边缘的小缝隙把靠枕塞进去。

叶凡自认为动作还算轻柔，没想到碰到的一瞬间，简弋就醒了。

叶凡愣神，还维持着艰难的姿势和简弋对视。

不知道该怎么形容，简弋刚醒时的目光有点凌厉，眼神里全是戒备，叶凡甚至被他如炬的目光看得一抖。

简弋在她有些茫然的目光中恢复了常态，歉意地笑了下："抱歉。"

叶凡坐回座位，她觉得这句"抱歉"有些生疏。

"我就是想给你垫一下，"她挥了挥手里的抱枕，"这段路太颠簸了。"

简弋眼眸微微睁大，扫了一眼叶凡的手，突然问："你手上的伤口怎么样了？"

也不知道话题怎么突然转到这儿，元梦替叶凡说出来了："怎么转话题这么突然？"

简弋装作思考的样子："她刚刚好像撞了一下。"

叶凡一愣。

确实，刚刚没稳住，她的手撞了下座位，也不重，就是微微有点发麻。

简弋居然还能注意到。

“简哥，我都没看到！你居然能感觉到啊！”元梦诧异地说。她说话的时候，车轮好像压到了一块石头，颠了两下，她说的话都成了颤音。

“我没睡沉，叶凡撞的那一下还挺明显的。”

元梦了然地点了下头，随即示意自己实在是晃得想吐，靠在座椅上一言不发了。

简弋眼眸沉了沉，对叶凡说：“手腕给我看看？”

用的还是询问的语气。

叶凡直视他，最后败下阵来，把手伸到前面去。

简弋保持着转身的姿势，也很辛苦，叶凡只想让他快点看完快点坐好。

谁料到，简弋借着每次颠簸的空隙，快速动作，先把绷带的结解开，又顺着手腕一层一层拆开。

简弋的指尖微微发凉，小指不经意搭在了叶凡的脉搏上。她总有种自己心跳的剧烈都被面前这人捕捉到的感觉。

最后，简弋重新从包里拿了绷带，把她已经结痂的伤口包裹得严严实实。

一直没说话的李皓在两个人坐回原位的时候才出声提醒：“前面更颠簸，都坐好了啊。”

闭目养神的元梦问道：“哥，你刚才怎么没说话？”

“这段路危险，我得集中注意力。”

开了将近一个多小时，这段路才总算到了尽头。可能是他们出发得还算早，一路上没有太多车。

叶凡也有了困意，靠在车窗上。此时海拔还是高，她吃了晕车药依旧呼吸不顺，只好把氧气瓶时刻捏在手里。

她还在调整自己的呼吸时，突然听到一阵尖锐的刹车声，还有元梦一声短促的尖叫。

几乎是瞬间，她就睁开了眼。

车还是完好无损，只是叶凡透过自己这边的车窗看到一片山崖。她知道自己稳稳地在陆地上，可心理作用让她觉得自己是悬空的。

恐高的躯体反应很迅速，胸闷、心慌、发抖。几秒之间，她连视线都模糊了。

她在模糊之中，感觉到一双冷冰冰的手遮住了自己的双眼。

那个声音说：“别怕。”

叶凡的心莫名静了下。

那个人的另一只手从叶凡的怀里抽出便携氧气瓶，说：“你有点高反了，吸。”

氧气瓶已经递过来了，她只有顺着他，轻柔地平复自己急促的呼吸。

这一番下来，她才渐渐有了感知，能听到点别的声音。

她听到元梦在叫她：“姐？”

因为简弋的手还遮在她眼睛上，她看不到元梦的表情，只好轻轻说了一句：“没事了。”

李皓说：“石头扎爆胎了，你们在车上等会儿，我去换轮胎。”

简弋还是没有挪开手。

他轻轻地说：“叶凡，你站起来，和元梦换个位置。”

叶凡不知道自己能不能做到，她很怕简弋的手一旦离开自己，自己就再一次陷入孤立无援。

于是，她做了一个大胆的动作——伸出双手，颤抖地抓住简弋的手腕，还能摸到简弋凸出来的伤疤。

接着，简弋叹了口气，无奈的语气中还带了点笑意："我帮你挡着，换吧。"

叶凡终于点头。

接下来，在元梦和简弋的帮助下，她终于颤颤巍巍地换了座位。

重新见到天日的那瞬间，她看到简弋很别扭地从前座探出身子，还带了点担心地看着她。

叶凡勉强笑了下："谢谢。"

简弋摇摇头。

叶凡不敢看之前的位置，只是把头垂着，看着地面。元梦一直和她说话，分散她的注意力。

好在李皓不久也终于上了车。

一上车他就抹了抹额头上的汗："太危险了，还好没掉下去。叶凡没事吧？"

叶凡摇摇头。

车继续往前开，其他三辆车已经超越他们先行上去了。叶凡应该是有些被刺激到，越往山上去，高反越严重，一直吸着氧气。

下车的时候，她腿使不上力，简弋扶了她一把。

看到面前的景色，说实话，她有些失望。

只是一大块三角形的建筑，上面刻着"海拔5130米"，还有零星的经幡，周围的雪白得发灰。

空气稀薄，冷风阵阵，还有些雾气萦绕着。

叶凡叹了口气。

简弋在她旁边说：“这是目前最高的地方。你怕吗？”

叶凡看着前面：“不怕，不往下看就不怕。”

也不知道是不是风沙吹到了眼里，简弋揉揉眼睛：“我们站在了海拔五千多米的地方，恭喜你，最幸运的恐高症患者。”

叶凡笑了笑：“谢谢你，最专业的恐高症治愈师。”

西藏这个地方似乎总是带着大风，东达山上的风比起之前的任何一个地方都要更大。叶凡这时候才真正理解到了什么叫猎猎风吹。

她扭头去看简弋。简弋似乎是完全不受影响，除了额头的刘海翻飞起来，整个人显得冷静无比，衬托得她举着氧气瓶费力呼吸的样子很傻。

叶凡问道：“你真的一点都不高反吗？”

简弋点点头。

元梦也撑不住了，从叶凡这里拿走了一瓶氧气，还一直在问李皓什么时候下山。

叶凡也想下山，这里的空气像是带着冰碴儿，刮在脸上生疼。她看着“东达山垭口”那五个字呆愣愣的，没注意到简弋走到了旁边。

他从旁边的雪堆里抓了一把雪，轻轻砸在了叶凡的身上。

力道不大，倒是雪在衣服上炸开，有雪粒子跳进了衣服里，冷得她一激灵。

叶凡不可思议地回头看简弋，他一点都不像这么幼稚的一个人。

“你好幼稚。”

简弋笑了笑：“别愁眉苦脸的，笑一笑吧。”

叶凡顺着他的意笑了笑，下一秒就从旁边抓了一把雪，朝着简弋砸了过去。简弋也没躲开，任由松软的雪落在了他的头发上。

“这样才对嘛。”简弋笑得开怀，“开开心心的多好。”

他话音一落，又把一坨雪往叶凡的方向飞过去。

叶凡气恼：“怎么还来？”

两个人幼稚地互相丢了好久，丢到最后，连头发、睫毛上都是细碎的雪粒才休战。叶凡看了看简弋，突然笑了：“你现在好像白发老头。”

简弋不以为意：“彼此彼此。”

叶凡拿出手机，屏幕黑着照了照，才发现自己比简弋有过之而无不及，连眉毛上都有雪。她手忙脚乱地往下拍，过了几秒又觉得不解气：“你今天真的幼稚。”

“今天的角色设定，体谅一下吧。”

叶凡又吸了口氧气才继续问：“什么角色？幼儿园小孩吗？”

简弋理所当然地点头。

他们的车之前爆了胎，李皓还在修整，为了安全，暂时不能往山下走。也不知道是不是被简弋和叶凡感染了，其他车的人都开始打雪仗。叶凡实在是不想让衣服继续湿下去，钻进了车里。简弋也停了下来，坐回了自己的座位上。

叶凡觉得应该说点什么。

看简弋没有睡觉的意思，她轻轻说：“要不我们聊聊天吧。”听听他的声音就很好。

简弋透过后视镜看她：“可以，聊什么？”

“什么都好，你想聊什么？”叶凡也透过后视镜看了简弋一眼。

他思索了一下，说：“你之前喝醉讲的故事还记得吗？”

“记得。”

“那个故事有漏洞，你愿意给我讲真实的版本吗？”

窗外是正在玩雪的众人，叶凡看着窗外有点发愣，话音轻柔：“什么漏洞？”

“比如，你忘掉了你男朋友，又为什么为了男朋友想要……”他回身指了指她的手，“明明忘掉就不该有感情了。比如，你的挣扎真的和那件事有关吗？”

叶凡不知道简弋为什么会突然问到这个，她一时有点心慌，强迫自己冷静下来：“拿你的故事来换。”

简弋坐在前座像是突然卸了力，靠在靠背上：“我的故事吗……都写在那本《飞鸟集》里了。到南迦巴瓦吧，这是个很长的故事，我要措措辞。”

“你之前不是不愿意说吗？”

“流浪汉还有一个特点——喜怒无常。我对你的故事产生好奇，拿自己的换也算是公平交易了。”

叶凡点点头：“我的故事……”

她出生在上海，长在上海，有一对非常爱她的父母。

她的一切都很完美，转折却在大学毕业的那一年。她刚进入实习岗位工作，工资低，还被上司恐吓，她每天都是沉着脸回家的，和父母也说不上两句话。

直到那个雪夜，那是上海五年之内下的唯一一场雪，她接到电话的时候，自己正在公司里面跑腿送文件。电话里是护士冰冷的声音，像机器一样告诉她父母出了车祸。

她去医院之前还被上司指着鼻子骂，要是现在出去就不要再回来了。

医院门口的雪下得最大，叶凡带着寒气跑进病房的时候，只剩下两张死亡通知书，还面临要赔付另一辆车上伤员的境况。

叶凡笑了下："不知道为什么，当时我就觉得我在这个世界上什么都不剩了。

"之前爸妈留下的房子被我卖了赔钱。公司把我开除之后，我投了半年的简历才找到一家要我的公司，工资低得要命，还要租房子养活自己。

"上海那儿啊——活得好的会更好，像我这样的蝼蚁，拼尽全力也只能勉强活着而已。

"怎么跟我男朋友在一起的我不记得了，只记得我们一起买了房子，准备结婚。最可笑的是，他梦游的那天，又下雪了。"

叶凡的表情很平静，不像是在说自己的故事。

"我好像无论怎么做，这个世界上都不会有东西属于我。只要一下雪，我就会失去一样。听说西藏总是下雪，那么我下一个失去的会是什么呢？

"好像除了我自己的命，也没什么了。"

叶凡说："男朋友给我留了一辈子都花不完的钱，却不是我想要钱的时候，真可惜。"她直视简弋的眼睛，"你知道吗？我前段时间一直有幻觉，一会儿是我男朋友摔得血肉模糊，一会儿是我父母被撞得支离破碎。"

她越说越激动："我还剩什么呢？简弋。

"我想要的只是爱而已。我同事都说我疯了，我真的疯了吗？只是

爱而已啊，只是不想被丢下。这个要求非常过分吗？”

叶凡说完，表情还是平静的，只是声音里带了点哽咽。

简弋深吸一口气：“爱不是必需品，陪伴也不是。当你真的沉浸在爱和陪伴里时，你就真的回不来了。”

“那什么才是必需品呢？钱还是房子？”

简弋摇摇头：“都不是。

“你真正想的、真正要去做的，无论千山万水都会去做，这才是你的必需品。”

叶凡愣了愣：“那我可能没有吧……”

“不是的。”简弋递上来一张纸，“你的必需品就在你的思想里。”

叶凡接过那张纸：“那你的是什么？”

“我的……自由、远方。”他的目光充满向往。

“自由……远方……”叶凡喃喃地重复。

她没有继续往下说，她想要的是安稳，她不是流浪汉，她只想要一个家而已。

叶凡思索着问：“简弋，这两个比什么都重要？”

简弋坚定地点头：“若为自由故，所有皆可抛。”

若为自由故，所有皆可抛……叶凡在心里琢磨着这句话。能够篡改别人诗句还显得毫无不妥的，也非简弋莫属了。

“简弋，你的自由到底是什么呢？”她问。

“我的自由……”简弋一笑，“我的自由就是永远不停留吧。”

“远方又在哪儿呢？”

“远方就是远方，如果能够找到，它就不能叫作远方了。”简弋转过身，看着车前。

东达山的雾散了不少，有一丝丝光透了下来，但远远不能把人照暖和。

“谢谢你听我讲了这么多。”叶凡平复了心情，“太久没有一个倾听者了。我的故事是不是很无聊？”

“并不。世界上的故事时时刻刻都在发生，每一个故事都有存在的意义。”

叶凡恍然似的笑了笑：“好吧，我开始期待南迦巴瓦了。”

南迦巴瓦，很快就会到达。

她这一趟旅程，最大的好奇心、最想解开的悬念，也终会在那座山下解开。不为人知的、不足为道的，都会变成珍贵的故事，成为她人生中最后的色彩。

这样很好。

车的轮胎已经检查好，李皓告诉大家可以下山了，众人就都回到了车上。

元梦在车门外抖干净自己身上的雪，一进车就兴奋无比地和叶凡说：“我好久没打雪仗啦！”

叶凡温柔地笑了笑。

“还是吸着氧气打雪仗，太爽了！”小姑娘筋疲力尽地靠在座椅上，眼睛里都是磨不灭的光。

叶凡猛地想起来刚刚故事里的自己，有没有那么一瞬间，自己也是这样无忧无虑的，也是这样眼睛里盛满了光？

那时候自己在想什么呢？

想着回到家要怎么跟父母撒娇？想着明天要去哪里玩？想着未来的

生活会是什么样子的？

她摇摇头，把这些念想晃出去，给自己洗脑：现在就很好，一切都很好。

下山的路比上山顺利，从东达山下来，路过怒江大桥时，所有通行的车都鸣笛致敬。叶凡也双手合十，闭眼。

今天要住在八宿，车队停在了酒店楼下。大家投票决定在八宿县内自行觅食。

叶凡本想随便走走，就不吃了，元梦过来问：“姐，李皓哥说有一家很好吃的腊肠锅，要不要去？”

叶凡想拒绝，又不知道怎么开口。看到站在一边的简弋，她灵机一动，说：“我和简弋约好了要去走走，就不和你们去了。”

简弋看向她，眼神里有点茫然，见她不停地使眼色，很快就反应过来了：“嗯，对。”

元梦什么都没看出来，只是失望地叹了口气：“好吧，你们去吧，我就和李皓哥走啦。”

“好。”叶凡回答。

等到元梦转头离开，简弋问叶凡：“吃什么？”

这话倒是把叶凡问愣住了。

她只是想找一个理由婉拒，也不知道为什么就顺口扯上了旁边的简弋，没想到他还当真了。

“你呢？”叶凡觉得此时再拒绝也不好。

“我其实没什么胃口。”

“我也是。”

简弋把包单肩背上，伸手去拉叶凡的行李箱：“先把你的行李送上去吧，听说八宿有一个广场，要去逛逛吗？”

叶凡点头。

八宿的广场在这个小县城的中央，简弋在前方带路，叶凡出门之前还查了一下，这个广场叫武钢广场。

路过当地的居民区，叶凡感觉这里没有磨西古镇那么大，都是正常的小区，像是这场路途中，让看过太多美景的双眼休息的绝佳去处。

“到了。”简弋的声音从前面传来。

叶凡越过他的身影往前看去。这个广场和她理解的广场也不一样，这里有一潭湖水，映着天空和绿树，湖边就是草地绿茵，有很多当地人坐在湖边闲聊。

简弋指了指一处长椅：“要去吗？”

“好。”

两个人并肩走过去。

此时还是下午，叶凡看见不少情侣路过。她忽然有种错觉，她就这样和简弋在这里漫步，不像是旅人，更像已经在一起很久了的爱人。

他们的步伐不急不缓，围绕着湖边一言不发地走着，走到长椅前坐下。

叶凡看着对面的湖心亭，说：“这里很像江南。”

“是吗？我还没有去过。”

“等以后吧，有时间的话我带……”叶凡的话说到一半就止了声。她又在说这些不可能达成的话。

简弋却接道：“好啊，总有一天我会漂流到那里。”

叶凡笑了：“我发现了一件事，我之前觉得你是佛祖下凡，现在看来果然不错。”

简弋目光遥远：“怎么说？”

“跟你待在一块儿久了，真的会产生一些不属于自己的想法。”

“你错了。”简弋说，“那就是你的想法，那就是你想做的事。”

他们就这样坐了好久，坐到天边都出现了火烧云，温度降下来。

叶凡有点冷：“我来的路上看到了一家店，我们去吃一点？”

简弋点头。

这是一家素斋店，里面有几张小桌，还有些本地人在里面吃饭。

叶凡就要了最普通的香菇面，简弋再次和她要的一样。

面上来了，上面漂着好多葱花，叶凡蹙了蹙眉。

简弋问道：“不吃葱花吗？”

她不想显得自己太过娇气，轻轻点了点头。没想到，简弋从旁边的筷子笼里拿出一双崭新的筷子，又拿了一张餐巾纸铺在桌上，接下来，他从叶凡的碗里挑葱花，一颗、两颗……

叶凡在原地愣着。

好久好久之前，她的父母会骂她娇气，然后亲自从她的碗里把葱花挑出去……也许她男朋友也会，但她不记得了。

总之这件事的熟悉程度简直刻在了她的血脉里。简弋拿着筷子伸手过来的一瞬间，她脑海中泛起了诡异的熟悉感。

简弋挑完葱花：“好了，吃吧。”

叶凡先是下意识地点头，碗里涌上来的热气模糊了她的视线，她忽然看不清简弋的身影，平复了半晌才说道：“谢谢。”

怎么说呢，面的滋味几乎等同于没有，只有一点点清油浮起来，但她就是觉得这碗面很好吃。没有葱花的面，一直那么好吃。

最后还是简弋结的账，叶凡根本争不过他。

出了小店，外面的天色已经昏暗下来，正处于那种黄昏与黑暗的交界之时。

这里的路灯还没开，叶凡的视线有点模糊。

简弋还是走在前面，在叶凡的眼中，他的白色衣服如同幕布，映着夕阳的光辉。

似乎是意识到叶凡有点掉队，他回过头来，伸手抓住了她的手腕，轻轻地带着她往前走。

叶凡微微眯起眼。她有夜盲症，那片白光有点模糊，看不清他的表情。

简弋突然笑了一声。

“怎么了？”她问。

“没什么，觉得我今天任性了一次。”

叶凡不明白，于是问道：“为什么叫任性了一次？”

她看不清简弋的面色，却能感受到简弋抓着自己手腕的手收紧了一点。紧接着，他说：“人都有核心欲望，我今天的行为违背了自己的核心欲望。”

叶凡知道他的核心欲望是什么，无非就是他话语里那些看不见摸不着的自由和远方。

“简弋，违背的原因和我有关吗？”叶凡冷静地问。

“是。”简弋冷静地回答。

叶凡想，那就够了，已经够了。

在八宿的黄昏，简弋没有放开手，叶凡没有拿出手机照亮。他们就这样沉默而隐秘地把整个小县城走了个遍。

叶凡说：“我永远不会忘记这一天。”

简弋没回答。

回到酒店，叶凡躺在床上发呆，洁白的天花板似乎还带着黄昏的色彩。

她没有开灯，却从没有如此安稳。映在她头顶的景象不再是血色的，不再是雪天的昏沉，而是变成了黄昏的光，变成了折多山上的隆达，变成了新都桥的草地。

第八章 南迦巴瓦

今天要去的是米堆冰川，上午出发，快中午的时候到达的。这边的景区也不让车辆入内，所有人都在停车场下了车。

元梦站在观光车旁边喊道：“这边——叶凡姐！”

这次的观光车和之前坐的还不一样，不是那种大巴车了，更像是平日里见到的面包车大小的车，窗户非常大，可以直视四周的景色。

元梦和李皓坐在一起聊天，叶凡挑好座位坐下，简弋紧跟其后。

路上颠簸，叶凡的膝盖时不时撞到前面的座椅，牛仔裤挡不住什么，她觉得下车时自己的膝盖肯定会青一块。

简弋自然也看到了，他动了动，把外套脱了下来。他里面穿的是白色卫衣，叶凡没怎么见过他不穿冲锋衣的样子，一时看迷了眼。

简弋把外套折叠好，放在叶凡的膝盖和座椅中间。

叶凡一惊：“白色的，会脏。”

简弋回道：“没事，我会洗的。别掉了，顶着点。”

叶凡还想劝他把衣服拿走，转念一想，算了。过了一会儿，路没那么颠簸，前方的视野也开始开阔，她把外套拿起来，用手拍了拍沾到的灰，递还给简弋：“我记得你有洁癖，不要紧吗？”

简弋接过来穿好：“洁癖不重要。”

那什么重要？叶凡想问，对他来说到底什么重要？

她烦躁地看向窗外，这两天的心情就像是坐了过山车。她不知道自己是怎么了，她期待着简弋的回答，又烦躁于简弋每一句话里的隐喻。

沉默了一会儿，她回过头来：“简弋，不要对我太好了。”

简弋愣了一下：“好吗？”

“好。”叶凡直视着简弋的眼睛，重重点头，“从没有人对我这么好。”

“那这样不好吗？”

他们像是在说绕口令一般。

“不好。”叶凡回道，“我会留恋，会不甘心。如果有可能的话，你会被我缠上。我会给你带来厄运。”

“我已经够倒霉了。”简弋笑了笑，“厄运什么的，一直常伴我左右啊。不过，你见过哪个流浪汉会被人缠上吗？不要对我有太好的印象。”

叶凡不再回答了。

观光车停下，等到其他人都走了，简弋和叶凡才下去。

外面是马场，有很多马匹在等待游客的光顾。

叶凡不想骑，上次骑马的经历实在是不怎么愉快。

“这里的海拔没有稻城高，你现在也适应了不少，可以不骑的。”简弋像是看穿了她。

可是叶凡偏偏要跟他反着来：“那我高反怎么办？”

简弋叹了口气：“我背你。”

一听到这三个字，叶凡就像被拉回了之前的记忆。简弋的背实在宽阔温暖，她大概永远忘不了了。

她也叹了口气：“走吧。”

路是土路，应该是之前的藏民在这里开荒走出来的，脚感不佳。只是有一条溪流一直陪伴在他们附近，涓涓地流淌着。

那样清澈的水，令叶凡很想靠近。

“我想去碰一碰。”她跟简弋说。

简弋点头。

两个人穿过三月还是黄色的草地，站在了溪流旁。叶凡先蹲下去，用手指轻轻碰水。水穿过指尖缝隙，像是有生命一般，安抚着叶凡。

简弋也蹲了下来，第一件事就是去抓叶凡企图全部埋进水里的手：“有伤口。”

叶凡不甘心：“结痂了。”

“那也不行。”

她一边腹诽简弋，他到底以什么身份来管她，一边又暗自喜悦，顺从地把手从水里抽出来。

才这一会儿工夫，手指就变得有些红，她打了个冷战。

简弋不知道在包里找着什么。

没过多久，他就拿出了两张纸，抓过叶凡的手细致地擦干。

“你会冻得肚子疼。”

“简弋，你没有距离感了。”叶凡说，“我们这样有点奇怪。”

“奇怪什么？”

“你像在调戏寡妇。”

简弋的笑声从她头顶传来：“别乱说，再乱说就自己擦吧。”

叶凡没有看他，目光只是没有焦距地看着两只搭在一块儿的手，回答得干脆利落：“不要。”

米堆冰川的徒步旅程并没有稻城多，没过多久，视线就开阔了。站在土路中间，叶凡朝前望去，雪山脚下是一片雪白的冰面。

藏民站在路边，拿着颇为突兀的喇叭提醒着：“不能继续往前走了！

不要再往前走了！春季化雪，容易雪崩，所有人不能往前走了。”

游客都站在这里开始拍照。

叶凡有点遗憾，路没有尽头，人却不能前进。

“雪崩是什么样的呢？”她问。

简弋回答：“应该很美。”

“是啊。”

不知道为什么，叶凡很想拍一张照片，也许快门声会让山上的雪滑落下来，淹没一切。

可她没有相机。

她拿出口袋里的手机，问道：“简弋，拍张照吗？”

“好。”简弋没有犹豫。

叶凡把摄像头调整好，手臂抬高举着手机，刚好取景框框住了他们两个。简弋站在她身后，两个人离得很近。

简弋问：“要笑吗？”

“都可以。”说完，她按下拍摄键。

“咔嚓”一声，定格的画面就永远留在了这部终将迭代的手机中。

叶凡打开相册去看，突然轻笑了一声，自己哪怕是这个时候都在注意构图。

照片里的她面无表情，简弋则微微笑着，白色的外套都快和雪山融为一体。

她想，她会珍惜的。

离开米堆冰川的时候，叶凡没忍住还回头看了几眼。雪山那样近，也那样远，就在渺茫的后方，藏区的风怎么吹也吹不到的地方。

开车来到一处餐馆，简单吃了一顿饭后，李皓就在桌上激动地说：“重头戏了啊，咱们今天住的地方特漂亮，能直接看到南迦巴瓦！上车后都多睡一会儿，我怕你们晚上舍不得睡！”

车队众人都附和着，喜悦弥漫。

当时叶凡还不懂，到底什么样的酒店会让人舍不得睡觉，等真正拖着行李箱走进去的一瞬间，她就了解了。

房间是原木色的装潢，到处都透露着温暖的感觉。当然，最引人注目的就是那一整扇大大的落地窗。

如果说窗子是取景框，那么外面的一切就是框里的美景。

叶凡没有开灯，外面是黄昏的色彩，还带着浅黄色的草甸上站着几匹马儿，南迦巴瓦这座圣峰就静静地矗立在远方。

在牛背山上等了那么久那么久的日照金山，此时此刻轻而易举地出现在了叶凡的面前。

她看直了眼。

似乎在这个房间里，时间的流速是不存在的，如果可以，她也愿意在这个房间里困一辈子。但显然，现在有更多的事要叶凡去探究，比如，简弋的故事。

刚刚下车的时候，简弋就说会来找她。在这座雪山下，她即将找到答案。

窗边有张木制的桌子，她倒了两杯水，就那样坐着等。

敲门声响起，她站起来，不紧不慢地去开门。

简弋没有穿他一贯的冲锋衣，只是穿着内里的白色卫衣站在门口，什么都没拿。

“来了。”叶凡寒暄道。

“嗯。”

她又坐回了刚刚的位置，简弋顺势坐到了她的对面。面前的热水早就不飘热气了，白色的陶瓷杯孤零零地立在那里。

还是简弋先开口：“外面天黑了，你还看得到吗？”

叶凡没立刻回答，先是站起来把灯关掉了。这就能看出来，外面只是趋向黑暗，南迦巴瓦的山尖上还有一丝光。

两个人埋在黑暗里，叶凡说：“现在看得到一点了。”

叶凡借助余光仔细观察了一下，简弋不似往常坐得板正，此时是略带颓废地窝在凳子里。

“你要是不想……”

“我的故事……”

两个人同时出声，都被对方吓了一跳，随即相视一笑。

气氛再次变得沉默。

过了几秒，叶凡就听到简弋悠悠开口：“这可能要从我八岁说起，你真的愿意听？”

叶凡深吸一口气：“你就当我是给大诗人写传记的吧。”

简弋笑了笑：“也好。”

简弋出生在广州的一个大家族里。

祖上积德，有钱有权，所以他八岁以前都是幸福无比的。父母温柔博学，家族和睦，他爷爷更是只有一个儿子，他这么一个孙子。

他爸爸追求自由，最爱旅行。可有一次在一个岛上冲浪时，遇到了台风，人再也没回来。

一大把年纪的爷爷告诉他，他爸爸去了很远的地方。这个老土的理由让他一眼就看破了。只是爸爸不在了，还有妈妈。

妈妈得知这个消息后，状态就一直不太好，简弋一边上学，一边帮忙照顾妈妈。

那是一个周六，妈妈说：“小弋，妈妈带你去看海好不好？”

简弋以为妈妈好了，开心得不行，背着小书包，里面装满了零食，准备给妈妈一个惊喜。

简弋说到这里时沉默了。叶凡没接话，看着外面已经全黑下来的天。他喝了一口已经凉掉的水：“后面的很俗套。

“我开开心心牵着她的手，到了那片海。那时候应该也是黄昏吧，海平面上那轮即将降下去的太阳暖得耀眼。我问她，这片沙滩是不是很漂亮？

“她没有回答我，只是远远地看着前面，白裙子白得晃眼。”

叶凡有点不想继续听下去了，她不想让简弋用钝刀子割自己了。她扭头望去，简弋的目光放在前面的漆黑里。

“她过了好一会儿才问我，要不要去摸摸海水。我说，好。

“她就抱着我走在海边。那天浪很大，我害怕了，我一声一声叫着她，想让她回到岸上。可她朝着那轮落下的太阳越走越远，越走越远。

“最后……”

简弋顿了一下：“最后，海水淹没了我们。我眼睁睁看着她和我被浪花打散，也眼睁睁看到她在水下的时候，突然开始挣扎。”

叶凡问道：“求生的本能吗？”

“对。”简弋轻笑了下，“我想去救她，可我也不会游泳。海浪把我拍下水，海水倒灌进我的呼吸道。就在窒息的那一刻，我看到了一座雪山。

“我想，雪山真好啊，没有海。我就算死，也不能死在海里，我要死在雪山，死在陆地上。”

叶凡低下了头。

那座雪山，对他来说，原来真的那么遥远。

“后来呢？”她问。

“我再醒来就是在医院里了，病床边全是人，有的人想我死，有的人想我活。最好笑的，是我出发前背着的那一包零食带着我浮上了海面。”

“为什么想你……死？”

“钱啊，权啊，无非就是这些。”

叶凡听过一个说法，叫幸存者综合征。这是一种精神创伤后应激障碍的表现形式，是说人面对灾难性事件之后，会不可自拔地陷入梦魇、抑郁、夜惊，就像她的遗忘一样。

原来简弋真的有过一段时间和她一样。

这种诡异的同病相怜感，他们是同类这个认知，让她感到了放松。

她问：“从此你二十年没有晚上睡过觉吗？”

简弋像是看穿了她：“不是的。我当时没有任何心理波动，我出院了也能很正常地生活……不是因为这个。”

“那现在为什么？”

“欲知後事點樣，薩普神山分解。”

一句粤语，她听懂了。

讲一个故事要分两次，叶凡一时哽住，心里升起一个想法：“简弋，你不会是想支撑我走到最后吧？”

“你猜对了。”简弋面前的水已经喝完，“我自愈了，在这个过程中虽然会痛一痛，但是现在回头看，好像也没什么大不了。”

“我要是像你一样洒脱该多好。”叶凡说。

简弋站起身：“我不洒脱。”

叶凡腹诽，那就没人洒脱了。

他像是要走的样子，站着看向外面。

“你要走了吗？”

简弋点头。

叶凡不知道从哪儿来的勇气和想法，伸出右手扯住了简弋的袖口。

两个人都愣了一下。

叶凡硬着头皮继续说下去：“你能不能别走了……”她越来越没底气，话音越来越小。

“我……”

“你……”

两人又是同时出声。

叶凡继续说：“你回去也不睡。这个落地窗太大了……我，我这里给你留一个位置，可以吗？”

简弋问道：“你是在求助吗？”

“你就当我是吧。”她咬牙。

总之，在听了那个短小的故事之后，她不想一个人。也许是出于同类的共情，她就是觉得她今晚会梦到一片海，她也开始不喜欢海了。

简弋站着，看不见表情，似乎真的思索了一下。

“好。”

简弋真的留下了。

叶凡不知道该怎么形容自己这时候的心情。在外人看来，他们只是能称得上一句朋友的关系罢了。

她脑袋一热想要挽留他，他也脑袋一热同意了。

现在的尴尬在于这个屋子里只有一张床。叶凡就算再大胆，也不能邀请简弋和她躺在一块儿。

空气中弥漫着沉默的氛围。

还是叶凡先打破沉默：“我去前台要一张折叠床？”

简弋摇头：“这个凳子就很好，反正我回自己房间也是要坐着的。”

叶凡这才想起来，之前去他房间的时候，他也是这样的，床面整洁，一点人的气息都没有。

落地窗太大，叶凡伸手把窗帘拉上，回到床边坐下，看向了简弋坐着的位置。他此时更像是一具木偶，没有了窗外的景色，他的眼神就没有焦距地落在了面前的水杯上。

“简弋，你真的不累吗？”

“不累。”

叶凡得到回答，又一次不知道该说什么了。

过了半晌，她又开口：“你想抽烟的话直接抽吧，我真的不介意。”

简弋点头。

这一天其实也有点累了，叶凡掀开被子躺进去，背对着简弋。她看起来安静地准备入睡，其实内心无比翻涌。

她很自私，很自私地留住了简弋。在这间房间里，他不能写诗，不能吸烟，不能随心所欲，只能在窗口的位置看着另一个睡着的人。

她大概是这个世界上最坏的人，她只觉得自己在用私心，任性、不顾后果地伤害另一个人。

想到这里，她就更加睡不着了。

两个人，两颗心，同一间屋子，各自有心事。

这样的安静持续了几分钟，叶凡忍不住了：“简弋，我睡不着。”

“怎么了？”简弋的语气中带着一丝疲惫，更显得叶凡像是在胡闹。

“想到你在这里，我的心就一刻都沉静不下来。”

“那我回去？”

“不要。”

叶凡也感受到自己似乎是有些无理取闹了，认输似的不吭声了。

她听见简弋无奈地叹了口气，紧接着传来了凳子被搬起的声音，脚步声由远及近。

叶凡回了头。

简弋已经坐在了床边：“要听故事吗？”

她点点头，像个小女孩。

“那我不讲什么沉重的故事了，给你讲一个关于雪的？”

“好。”

简弋的神色像是在沉思，叶凡眼睛一眨不眨地看着他。他也注意到了这样炙热的视线，神情有些不自然地说道：“听故事要闭上眼。”

叶凡又听话地闭了眼。

“传说中，天与地是一对恋人，因为他们的感情太过难舍难分，所以天地最初的样子是混沌的。

“只是有一位神仙，他硬生生地把这对恋人分开。从那之后，天望着地，地望着天，再也不能够相聚。”

简弋说到这儿的时候，停顿了半晌，引得叶凡闭着眼问：“然后呢？”

他轻笑一声。

“然后，他们终于有一天忍受不了这样的分离，互相努力地接近。

“天拼尽全力震碎了自己，化作了白色碎片飘落下来，扑进爱人的怀抱，洒下重逢的热泪。”

故事到了尾声，叶凡也没有睡着。

简弋身上的气息很好闻，从床边悠悠飘过来，不停地侵略着她的感官，让她不能够抽出任何心思去想其他，脑海和心中都只有这一个人。

叶凡只觉糟糕，又自我劝解，他就是这样的一个人，就是会让人难以忘怀的一个人，是藏区最温柔的太阳。

“没睡着吗？”简弋的声音传过来。

叶凡也不好再继续装，轻轻地“嗯”了一声。

“那怎么办呢？”简弋轻松问道，“有什么好办法吗？”

“你可不可以跟我一起睡？”叶凡可能是真的有些困了，也可能是被简弋身上的味道迷了眼，总之，后来叶凡想起都会觉得此刻的自己不可理喻。

话音刚落，她就后悔了。这句话别说是刚认识几天，哪怕是熟人也不应该提及。叶凡想，她的潜意识到底把简弋当成什么了。

简弋也是没反应过来，愣了好一会儿。

“这样不好，对你不尊重。”他这样说。

叶凡反而松了口气。

如果简弋真的答应，她倒是看错人了。这样的回答才符合她在心中给予他的定位。

“好吧。”叶凡也没有对这个话题过多留恋，“我是不是很矫情啊？”

简弋肉眼可见地放松了下来，接上叶凡的话题：“没有，矫情不是你这样的。”

“那矫情是什么样的？”

简弋突然笑了：“比如我那个表妹吧，明明一点都不想见到我，还要装出笑脸时不时地问候我。”

叶凡知道这是又让他回忆起了往事。

在知道起因之前，她无论问什么都没有错，但现在再问下去就不是无心了。

她翻开被子爬起来：“算了，我也不想睡了，我们坐一会儿吧。说不定明早能在房间里看到一场日照金山。”

简弋同意了，又把椅子搬回原位，窗帘也给拉开了。

一番折腾后，房间里又恢复了最初的样子。

叶凡把两个水杯的水续上，静静坐着看着窗外，但她什么都看不到。

她突然觉得很好笑，也如实地笑出了声。

“简弋，你很亏呢。”

“什么亏？”

叶凡端着水杯：“酒店钱也付了，真正住了没多久，很亏。”

简弋也跟着笑了笑：“还好，我不在乎这些。”

坐的时间长了，叶凡也无聊了，找了一部电影来看。是一部爱情片，慢慢遗憾那种。

放在以前，她看这种片子一定会流泪，可是这次没有。电影播放的时候，她还时不时看看简弋。他的神色毫无波动，让人怀疑他是不是只有看纪录片才会露出一些表情。

电影播完，也凌晨了，随着夏令时的逐渐临近，日出的时间也越来越早。他们就那样静静地等着，等待着大名鼎鼎的南迦巴瓦的日出。

叶凡想查询一下天气预报，被简弋拦下了：“就让这场风景带给我们一些惊喜吧，像那些盲盒一样。”

叶凡自然是无异议。

随着天色逐渐明亮，她也能看到外面的一些色彩了。只不过那些美景都变成了灰色调，让她想起了之前出差去北欧拍摄的风景。

那里也是这样，广阔而遥远。

叶凡抬头去看，先是南迦巴瓦的高峰上出现一些类似于金箔的璀璨。其实这个时候她已经开始困倦了，眼皮在和美景进行搏斗。

最终还是远处的雪山征服了她。

随着天光大亮，她的眼球也在一寸一寸透出光彩。南迦巴瓦的日照金山跟之前那一次比，简直是小巫见大巫，仿佛西藏的圣女在天边低眸俯瞰着渺小的人类。

可惜这样的景色并不长久。

也就十几分钟的工夫，远处就恢复了平常的样子。

叶凡突然发现，哪怕是南迦巴瓦，也什么都留不住。

晨光初晓，他们也没了继续静坐的目标。

这家酒店在深山老林里，自然没有什么人文类的活动能让他们参与。

简弋需要洗漱，就回了房间，叶凡心情很好地打电话叫了两份早餐。

昨天坐了一夜，简弋的胡茬都微微露出了点，看起来和他的气质十分不匹配。好在收拾完回来，他已经恢复了之前神清气爽的样子。

叶凡不懂，同样是熬夜，她怎么就十分憔悴？

简弋回来之后没一会儿，早餐就送了上来，除了配套的一杯酥油茶，其他的都和平时的早餐没有什么区别。

简弋用餐的时候习惯先喝点什么，叶凡都吃完了一个小笼包，抬头一看，简弋还是端着酥油茶。

“之前欠你的那一杯还作数吗？”叶凡问。

“你不是已经还清了？”

叶凡才想起来，那天出稻城的时候自己请了一顿饭。她从这又联想到了后面的不愉快，当时的坏心情说来就来，活生生像个闹脾气的幼稚小孩。

她羞耻地低下头，小口小口地吃东西。

简弋的轻笑声也从对面传过来。

车队集合的时间快到了，他们吃完饭就收拾东西下了楼，在酒店大堂遇到了元梦。

元梦见他们一起下来，大惊小怪地问：“姐，你们俩最近怎么一直都在一块儿？”

叶凡有点不自然。

要真纠结原因，可能连他们自己都不知道。

“他帮我拎行李。”

简弋也默认了。

三个人一起往前走的时候，元梦又十分激动地说：“哇，我今天为了看日照金山，四点多就爬起来了！你们看到了吗？在房间里看真的是太幸福了。”

叶凡微笑着点点头：“看到了，很好看。”

之后的元梦就又开启了话痨模式。叶凡本来因为困倦有点笨拙的身体，在元梦如同小黄莺的话语下，似乎终于适应了，也焕发出活力来。

李皓在擦车，经历了这么多天的旅程，车的外表饱经风霜。

“你们下来啦，快来！”李皓把手上的纸巾递给他们，“把你们自己那面车窗擦一擦，看风景更清晰。”

车窗上的灰尘确实不少，叶凡擦完还被呛了一下。简弋走过来，示意她把手上的纸团给他，一起去扔掉。

叶凡也自然地递过去。

可是简弋没有接。

叶凡抬头，和简弋对视。

简弋的目光有点呆滞，还带着点错愕。

叶凡有点愣住：“怎么了？”

简弋没有马上回答，愣了几秒，用手指在自己的脸上指了一个位置：“这里。”

叶凡下意识地伸手去擦，却什么都没摸到。

简弋笑了一声，伸出没拿纸团的那只手，拇指搭在叶凡的脸上，其他四根手指托着叶凡的下巴，轻轻地擦拭了一下。

叶凡傻了。

她乖乖地顺着简弋的动作抬头，目光撞进他颇为认真的眼神里，她在那一片灿烂的星海中看到了自己的倒影。

简弋跳跃着的脉搏仿佛打在她的脸颊上，还没等她回神，那只手就离开了。

叶凡不知道自己现在到底是什么神情，故作平静地问："擦掉了吗？"

简弋的指尖在身侧摩挲了一下，答非所问："你脸红了。"

她一滞，回道："你耳朵红了。"最佳的反击。

简弋不自然地咳嗽了一声。

打破这种古怪氛围的还是元梦，她在车门另一边喊："你们在说什么呢？"

叶凡深吸一口气："没事的。"

简弋拿着纸团走向垃圾桶边，走出两步，又回头叫住她："叶凡。"

"嗯？"

"我可能要抽支烟，会呛人。"

"没关系，你抽就好。"

"不，我的意思是，如果我不抽一支烟，我现在可能会有点慌张。"

刚开始叶凡还没反应过来，但随着简弋的耳根越来越红，她也福至心灵，脸上刚消退下去的红晕再次泛起。

南迦巴瓦峰他们是上不去的，只能在山脚观望一下。叶凡先前不知道，小小地遗憾了一下。

简弋看懂了她的心思：“萨普神山也上不去的。”

原来那里也上不去。

“我们到时候是只能在山脚看着吗？”

“对。”

叶凡自己说服了自己：“也好，上面那么高，不去也好。”

车停在了雅鲁藏布江大峡谷附近，众人下车。远处是郁郁葱葱的山林，马蹄形的江面浩浩荡荡，十分磅礴地穿山而过。

江风和雪山的风不一样，江风还带着林木的气息，像一只手轻柔地抚过叶凡的脸庞。众人没在此多停留，只是简单拍摄了几张照片，就又奔赴下一个观景点。

下一处的海拔就有些高了，树木也没有那样繁茂，只有零星的绿色，更多的是白雪。最震慑人心的，是远处山林间随风飘摇的粉色——是一片桃花林。

藏区的三月桃花，叶凡从未见过和雪并存的桃花。在她的认知里，冰天雪地中，任何生物都是会被消磨声息的。

简弋也看着那边。

叶凡突然说道：“如果能折下来一朵夹进你的书里，该多好。飞鸟和桃花，这种意象很般配。”

简弋不似往常回答她“那是你的书”，而是点点头：“花瓣里夹杂着春日纷飞的雪，说不定一百年之后都还会带着藏区的芬芳。

“如果有人还能看到，肯定会说闻到了百年前的味道。”

这番话说得太过矫情和拧巴，简弋自己没说完就笑了。

叶凡也跟着笑了笑：“如果萨普神山有桃花的话，我们就去看看吧。

折一朵，夹进哪里都好。”

她想着，应该给男朋友也带上一枝，插在坟墓前，他会喜欢的。

他们这边还在聊着，车队的另一边就传来了声音，语气中透露着震惊——

“山上怎么了？”

“那是什么！”

“发生了什么？”

叶凡朝着最先出声的人看过去，那人拿着望远镜朝着南迦巴瓦峰看去。

叶凡顺着他的视线，找到对应的地方。

眼前的景象让她忍不住扯住了简弋的袖子。遥远的山尖之上像是突然扬起了一片雾，白蒙蒙的，顺着风在半空中卷出形状。

定睛一看，那是漫天的雪。

从山尖，到山腰，雪如同海面的狂潮一般涌出——雪崩了！

他们车队距离非常远，不着急走，一众人看着那狂卷的雪席卷过静立的几棵树木，仅仅几秒，那树木就消失得无影无踪。

叶凡浑身的血都凉了。

明明无比的远，却又无比的近。那些书里写的人的渺小和大自然的狂野，并非无稽之谈。

她的手没从简弋的袖子上离开。

简弋轻轻转身，虚虚拢住她：“别怕。”

叶凡没回答。

刚刚车队里是没人说话的，估计大家也被这场算是灾害的雪崩震撼到了。简弋第一个出声之后，才恢复了细细密密的声响。

简弋可能是想要缓和气氛，对叶凡说："你知道为什么会雪崩吗？"

叶凡摇摇头。

"因为那些雪在山上待了好久好久，它们孤独得不行，见到我们到来，就用尽了全身的力气想要跟我们呐喊。"

"呐喊什么？"简弋的声音很小，叶凡不由自主地凑近去问。

他们的距离非常近，近到叶凡能看到简弋头顶立起来的一根发丝。

"它们对我们说，永远不要孤独地待在一个地方，永远不要。"

叶凡并不认同，但是她认同简弋的浪漫。

"嗯。永远不要。"

她脑海中还在回放着视线尽头崩塌的那一瞬间。她是这样渺小，仅仅是雪，就能让她窒息挣扎。

一双手在她愣神的时候环住了她——她被简弋抱进了怀里。

叶凡不记得自己是在哪里看到的了，说拥抱是世界上包含最多感情的动作。

她和简弋背过、搂过、扶过，唯独没有抱过。简弋的拥抱也是寒冷的，也许因为他太瘦，衣摆下都像是空洞的，她甚至不敢用力，生怕他化作一阵风。

简弋埋在她的颈窝，说："别怕了。你并不渺小，不会被雪淹没。"

看吧，他懂得她的一切。

叶凡轻轻"嗯"了一声。

简弋紧接着又说道："我又任性了一次啊……"

叶凡没应答。

她不太想破坏此时的气氛，在两个人的拥抱时间增加下，已经从寒冷变成了温暖。车队的人已经从震撼恢复到平常，叶凡不想被看到，就轻轻地挣扎，想要钻出他的怀抱。

分开不到十厘米，一股冷风就把叶凡吹得有些发抖。

在她还没缓过来的时候，简弋抓住了她的手腕，轻柔地把她扯回去，双手紧紧地箍在她腰上。

叶凡觉得有点痒，抗拒地扭动了一下。

元梦的脚步声已经传过来了，被看到怕是解释起来麻烦，她双手推简弋的胸口，想让他站直。

没想到她用力，简弋更用力。

还有浅浅的笑声从耳畔传来，夹杂着擦过耳郭的气息。

她看出来了，这个人就是故意的，真幼稚。

果不其然，没过几秒元梦就走过来，看着他们惊讶地喊了一声：“你们怎么了？”

简弋这才松开手：“叶凡有点冷，我给她挡挡风。”

“懂懂懂，我都懂。”元梦递过来一个眼神，“这么冷，那就快上车吧。”

叶凡没敢直视她的眼睛，点点头。

第九章

林芝

今天的旅程就很轻松了，之后就是开车去林芝，晚上住在那里，整个傍晚都可以自由活动。

昨晚没睡，叶凡在车上就觉得有点疲惫，之前那种高反的症状也卷土重来。她本来还想从包里拿出氧气瓶来吸两口，但想到之前简弋说过吸氧会上瘾，思索了一下，还是放弃了。

身边的元梦从上车开始就在时不时咳嗽，叶凡看她穿得少，把毯子盖到了她的身上。

到达林芝时天还没黑，这里的样子对比之前见到的似乎更倾向于春天。下车的时候叶凡见元梦病恹恹的样子，主动帮她拿了行李，尽管最后还是都到了简弋的手上。

电梯里，元梦闭着眼靠在轿厢壁上大口呼吸，叶凡扶着她，问道："要不要去医院？"

元梦摇摇头："就是高反了，我回去躺会儿就行。"

叶凡拗不过她，也只好放弃，亲自把她扶回房间，又叮嘱有事打电话。

元梦躺下之后状态就好多了，面色不像刚才那样苍白，人也能笑出来了。

叶凡放下心，回了房间。

她现在和简弋像是达成了一些共识一般，她回房间没有多久，简弋就敲了门。

叶凡从门口让开，面不改色地说："我刚想去找你。"

简弋指了指叶凡的手腕："我今天看到散开了点，你解开，我看看。"

叶凡先是坐在床边，指了指沙发示意简弋坐下，然后慢悠悠地把袖口的结解开，递给简弋看。

简弋轻轻扶着她的手，看得很仔细："结痂了，别碰水，很快就会好。"

叶凡并没有很在乎，随意点了点头。

她保持着自己手的姿势往前凑了凑："你身上好香。"

简弋下意识回道："我刚刚洗了个澡。"

"不是高原上不能洗澡吗？"

"有高反的人不能洗，我可以。"

叶凡一想到自己每天都要用干发喷雾就烦躁："我想洗头。"

简弋把她的手放下，认真思考了一会儿："我给你洗？"

叶凡愣住："啊？"

"我给你洗，你不用动的话，应该就没事了。"

"简弋，我依稀记得，我们认识没有那么久。"他们也没熟悉到能让简弋帮忙洗头的程度吧？

她的神情和动作都写满了不自然，引得简弋笑了笑："想什么呢？你坐在椅子上，我帮你洗头。"

叶凡才知道自己想歪了："你没说清楚。"

"嗯，是我没说清楚。"

简弋把椅子反着放在洗漱台边，椅背靠着台沿，叶凡坐上去轻轻仰头就可以把头发散在水池里。

简弋站在她身侧，眼神放在水龙头上，一只手试探水温。

叶凡突然问道：“你怎么不敢看我？”

“我在试水温。”简弋无奈，“没有不看你。”

哪怕是在说这句话，简弋都没直视叶凡。

叶凡执着地寻找他的眼睛：“简弋，你今天的角色是什么？”

简弋用手托着叶凡的后颈，让她顺着力道仰头：“我今天的角色，小镇上的理发师。”

“为什么是小镇上的？”

叶凡闭上眼，水流很温暖，舒服得不像话。

简弋冰冰凉凉的手在她的发丝里穿梭，声音清冽又悦耳：“小镇上每天都是那么几个人。早上开店，傍晚回家。想去哪儿就去哪儿，门口贴一个归期不定。”

“也很自由嘛。”

“嗯。”

叶凡突然睁开了眼，和简弋错愕的目光对上。

白色朦胧的热气顺着镜子蒸腾起来。

“怎么了？”还是简弋先出声。

他的袖子挽在手肘处，露出来的小臂白得发光。

叶凡刚刚有些想法，见到这个场景又缩了回去：“没事。”

简弋不疑有他，继续摆弄着叶凡的青丝。

洗好了之后，他抽了一条干净的毛巾，把头发仔仔细细擦了一遍，然后把椅子转了个向，让叶凡面朝镜子，拿出吹风机。

“你也帮我吹吗？”

简弋笑了笑：“帮到底。”

吹风机被调整到了合适的风速，简弋慢慢帮着叶凡吹着。时不时，他的指尖还会蹭到她的后颈，痒痒的。她看着镜子，刚刚的水雾还没散去，简弋的身影在镜子里有些模糊。

这场景温暖得不像话，叶凡刚刚脑子里的想法又涌上了心头。

“简弋，你低头，我有话对你说。”

简弋举起吹风机，低下头凑近，还有些发丝扎到了叶凡的脸。

“怎么了？”他的声音被吹风机的嘈杂盖掉了不少。

叶凡深吸了一口气，犹豫了两秒，凑过去。

她如蜻蜓点水一般轻浅地碰了碰简弋冰冰凉凉的唇。

吹风机还在运作，空气中的云雾也在蒸腾。

叶凡不用看都知道，自己的脸一定红得不像话。

那只是如此简单的一个吻。

她早就想这么做了。

刚刚的勇气一来，她就无所畏惧，冒犯也好，她想要做自己想做的。

简弋愣了几秒才直起身，声音还是模糊的：“你……”

叶凡只能听到自己的心跳声，她直视着镜子，等着简弋继续说下去。任何后果她都接受，但简弋没有继续说。

他耳根红得不自然，面上却还是冷静的。手上的吹风机不停，他继续拨弄着叶凡的头发。

直到头发干透，他们走出卫生间，还是没说一句话。

叶凡看着窗外，简弋坐在椅子上。

她想，你说点什么，什么都好，就是不要这样沉默。

于是她先开口了：“有烟吗？”

简弋从口袋里拿出烟来，递给她。她点燃，吸了一口。

“简弋，你有没有什么要说的？”

简弋深吸一口气：“我……”

跟他的声音一同响起来的还有敲门声，生生打断了他们的对话。

叶凡有点烦躁，下意识把没燃尽的烟递给了简弋，走过去开门。这个时候她还记得，不要让别人看到她抽烟。

叶凡皱着眉头把门拉开，门外空无一人，但是隐约有点细碎的声音，她还以为是谁的恶作剧。

她和简弋还有事要说，不想因为这点插曲破坏氛围。

门被轻轻带上，但是到了最后那几厘米怎么也推不动。

叶凡视线往下，看到的是一双带血的手。

怎么看都像是恐怖片里的场景，换成之前的她一定会被吓到。此时她只是很快冷静下来，深吸一口气：“简弋，你来。”

在简弋朝着她靠近的时候，她打开门顺着手的来处去看——

元梦倒在了地上，满手是血，脸上也都是，连酒店走廊的地毯上都蹭上了点。元梦的意识看起来已经不清醒了，她用尽了最后的力气，抵住了叶凡的门。

叶凡的身体瞬间就不由自主，元梦的脸上还源源不断有血涌出来，这场景把她拉回了那一天的二十六楼。

在这个时候，她的理智告诉她应该立刻救元梦，但她的肢体一动也动不了，甚至恐高时候的窒息感也涌上来，后脑的位置发麻。

她努力叫了一声：“简弋，给李皓打电话。”说完，她就脱力地靠在墙上，平复呼吸，至少不能添乱。

简弋也感觉到不对，加快脚步从房间里走出来。他看到元梦和叶凡，先是把元梦扶起来，几乎是扛到了床上，又从叶凡的包里拿出氧气瓶。

“叶凡，你冷静点，先进来。”他的语气也有点急。

叶凡扶着墙走了进来，目光都有点涣散，不敢看满脸是血的元梦。

简弋把她带过来，抓着她的手让她攥住元梦的氧气瓶，按下开关。

“闭眼，别怕。你先按住，我再给你拿一个。”

简弋找东西的声音细细密密的，紧接着叶凡就感觉到一个粗糙的条状物被绑到了她的眼睛上，另一只手上也被放了一支氧气瓶。

“你自己也吸。”简弋很冷静，“别害怕，放松，元梦只是流鼻血，你别怕，我在这儿。”

叶凡僵硬地点点头。

在一片黑暗里，她听到元梦大口呼吸的声音，还不时有血的触感传来，每一下都让她瑟缩无比。

简弋用酒店座机打电话，先打了急救电话，之后才叫来李皓。

叶凡已经没法集中注意力想任何事，她的眼前如同幻灯片循环一般，不停重复着一个白色的身影从空中落下，重重砸在地上。

紧接着，她感觉到了简弋的动作，他可能是拿着一块毛巾给元梦擦脸，顺便还擦了她的手。她平时总是说简弋的手冰，这个时候倒是温暖得不行。

李皓比救护车先到，风风火火地跑过来：“怎么了怎么了？”

他走进房间，看到眼前的景象，喊了一句：“天！”

“李哥。”简弋指挥着，“你先给元梦拿一下氧气瓶，叶凡状态不对，我带她去卫生间待着。”

李皓忙说：“好！叶凡，别有事啊，照顾好自己。”

叶凡点点头。紧接着，一双不同于简弋的粗糙的手把她的手替换下来，然后她就感受到简弋身上的气息靠近。她还以为简弋要牵她的手，乖乖把手递出去。

可那双手并没有得到回应。

下一秒，她被简弋拦腰抱了起来。

她感到一阵眩晕，为了稳固自己，不得不抓着简弋胸口的衣服。

简弋没说话，只是把她放到了卫生间的椅子上，把她眼睛上的绷带解开。

恢复光明时，叶凡看到的简弋和往常不太一样，他的面目严肃，白色冲锋衣上还有蹭到的血迹。

他转头就要再次离开，叶凡都没经过大脑思考，就抓住了他的袖子。手抓上去她就知道自己不对，现在不是添乱的时候，不是任性的时候，可又不舍松开。

简弋转过头来直视着她，说："乖，等我。"

叶凡点头。

简弋出去之后，叶凡就有点发起抖来了。她孤立无援地蹲在了地上，一边想着元梦那个出血量会不会出事，一边想着简弋，还时不时地回忆起跳楼的"陌生人"。

不久，房间里进来了一群人，吵吵闹闹的，还有东西抬起放下的声音。

李皓在外面喊："我跟去医院！简弋，辛苦你照顾一下叶凡了。"

简弋说："好。"

叶凡不想睁眼，靠在墙角，手上氧气瓶里的氧气都耗尽了。

卫生间的门被打开。

简弋的脚步越来越近，他身上的冲锋衣“沙沙”作响。

她轻轻睁开眼。

简弋一边朝着她走，一边脱了沾血的外套放在一旁，走到她身旁的时候，慢慢蹲下：“还怕吗？”

叶凡口是心非：“不怕了。”其实手脚都是冰凉的。

简弋问：“你在这里等我可以吗？我去把床单收拾一下。”

心意告诉她，她想要一直在简弋身边，但是理智说不能耽误事。没犹豫两秒，她就点了头。

“很快的。”简弋说完再次走了出去。

叶凡总觉得自己就在一个怪圈里面，简弋是安全区，只要她离开了安全区就会产生不好的情绪，可她一声不吭。

简弋再回来的时候，蹲在她面前，从口袋里拿出了一颗薄荷糖，拆开包装纸后塞进了叶凡嘴里。还没等叶凡说话，他再一次把她抱了起来，来到房间里，要把她放在床上。

叶凡只要想到刚才元梦在这里不停流血就感觉不舒服，她轻轻摇头：“不去这里。”

简弋只好把她放到了旁边的椅子上。

他思索片刻，又回到厕所拿外套，找到房卡，再次把叶凡抱起来。

叶凡问：“去哪儿？”

他不回答，默默穿过走廊，坐上电梯，把她抱到了楼下——那是简弋自己的房间。

床终于是干净的了，房间里还有一丝烟味，叶凡安心了不少。

刚才在男人的怀里的时候，叶凡还在抖动，兴许是简弋注意到了，放下叶凡之后还把被子给她盖好。

“等我，我去把你的行李拿下来。”

叶凡没力气地点点头。昨晚没睡，加上舟车劳顿，简弋刚出门没多久，叶凡的眼皮就睁不开了。

“叶凡？”

叶凡听到了那个声音。

这是拉萨，她在照片里见过的地方。她朝着声音的方向看去，是简弋。

简弋看着她，跟她挥手：“我要走了。你有什么要跟我说的吗？”

叶凡的嘴不受控制地抖了一下：“你要不要跟我回上海？”

对面的简弋愣住了，半晌才说：“好。”

到这儿，叶凡就知道这是一场梦。

远处有个听不真切的声音在不停地叫她，说是魔咒一般也不为过，活生生地让她的意识恢复过来。

睁开眼，她愣住了。

简弋离她非常近，弯着腰看她，面色还不太好看。

叶凡问道：“怎么了？”

她话音落下，就发现自己的嗓子有些沙哑。

简弋像是松了口气，坐回床边：“你一直在哭。”

在哭？她明明记得自己在做美梦。

简弋见她神色疑惑，又说道：“你哭得都有点呼吸不畅了，只能把你叫醒。”

她伸手去摸自己的脸颊，真有点湿乎乎的。不过此时的状态比起睡之前已经好了不少，她坐了起来：“几点了？”

“只睡了一个小时不到，你太累了。”

叶凡叹了口气：“你呢？你真的很久没睡好了吧。”

简弋没回答。

叶凡知道他不想说这些，又自然地转过话题：“元梦怎么样了？”

“李皓打了电话，抢救过来了。高反诱发了她以前的病，暂时没什么生命危险。”

“我看到她的那一瞬间，心都凉了。”叶凡放松下来。

简弋极认真地回答：“我的错，应该我去开门的。”

“算了，谁能想到呢？我也不知道我除了失忆这个反应，居然还对大量的血应激。”

顿了顿，叶凡又问：“那元梦是不是不能跟我们一起去拉萨了？”

简弋点点头。

“可惜，就差一步。”

“她还年轻，还会再来的。”

“简弋。”叶凡看向他，“那根红绳真的灵验吗？”

“当然。这是让她不要继续走下去，是在保护她。”

叶凡听到这个回答笑了一声：“你总有理。”

简弋也笑了笑。

这句话结束，一时间谁也没有再发声。冷静下来，叶凡自然而然地回想起那个云雾氤氲里的吻。

“对了，关于我亲你的那下……

“你不用感到困扰，对你心动应该是一件非常正常的事。我没有要得到什么，只是那个时刻我真的有些……鬼迷心窍了。”

简弋没继续看着她的眼睛了，她想说些什么缓和一下气氛：“你不会是初吻吧？”

一声冷静的“嗯”传过来。

叶凡愣了愣。

气氛似乎更尴尬了，她也找不到任何话题。

简弋的声音就在这个时候传过来——

“我很感谢你喜欢我。但我这一生注定要四海为家，这是我作为人存在的全部意义。我并不想辜负你，我也不是多么好的一个人。

“我也患得患失，我也扭曲暴躁，只有在旅途中才能让我继续活下去。”

叶凡懂了，语气低沉：“嗯，我知道了。”他用的形容词没一个跟他有关的。

她早就知道，她和简弋的认知差别、对于未来规划的差别，以及人生规划的差别都写满了两个字——天堑。

更何况，她根本没有放弃过自己最开始的愿望和想法，这让他们之间还多了一个生与死的差别。

那个吻，她对自己解释为只是想给自己讨一个关怀。在简弋眼里，说不定她只是一个很矫情的人。

拒绝与否都不重要。

叶凡说：“我还有一个请求。”

“什么？”

“我可以跟你一起睡吗？只是今晚。”

简弋的神情忽然严肃起来：“我不希望给你带来非议，你是一个好女孩。”

叶凡不放弃：“我有点怕。”

两个人用眼神无声地对峙着。

“更何况不会有人知道。”

长久的沉默后，最后还是简弋败下阵来。

叶凡蜷缩在他怀里的时候，他身上穿戴整齐，尽量和她保持着距离。尽管被子盖在身上，叶凡依旧冷得不行，一寸一寸地接近他。

他也从抗拒，变成了无奈接受。

叶凡从简弋的怀里醒来。

被窝因为两个人的温度暖得不像话，叶凡睁眼的时候看到近在咫尺的简弋。也许真的因为太累，他睡着了，皱着眉头，肢体也很僵硬，和她之间维持着一个安全的距离。

叶凡这一觉睡得安稳，她也不贪恋，只是告诫自己到此为止。

离开被窝的时候，冷空气吹拂过来的瞬间，她还是有些茫然。

她蹑手蹑脚地从简弋身边下床，进卫生间洗漱，再出来的时候，简弋已经醒了。

两个人对视一眼，尴尬得不像话。叶凡再也没有了昨天那样的自如，她一时间都不知道该和简弋说什么，只是躲避着他的目光收拾东西。

她突然觉得他们之间就像年轻人在酒吧的头晕目眩中找到了合眼缘的，第二天清晨酒劲退散之后，准备各走各的路。

最后还是她受不了尴尬的氛围，出声打破沉默：“你醒了。”

她刚想说他终于睡着了一次，边上的手机就响了。她一看，是元梦打来的微信电话，赶忙接起来。

“喂？”

“喂，叶凡姐。”元梦的声音还有点虚弱。

“你没事了吧？”

“没事了，昨天是不是吓到你了？对不起啊，姐姐。”

“没事。”叶凡开了外放，和简弋一起听着，“你后面怎么办？”

“李皓哥在这里陪我呢，我家里人来接我回去。”

“那就好。”

紧接着，电话里传来一阵噪声，然后李皓接起了电话：“喂？叶凡。”

“嗯。”

“我今天不能开车，容易疲劳驾驶，我找了车队别的司机，先带你们到拉萨，我们拉萨再会合。”

“好的。”叶凡回答。

毕竟车队不只有他们，肯定还是要继续前进的。叶凡没有想别的，挂断了电话。

简弋已经收拾好东西，靠在窗户边看着外面晴朗的天色。叶凡几次想张口，还是没能说出什么来，最后还是简弋先出声：“还怕吗？”

叶凡被问得愣了一下：“还好。”

“今天就去拉萨了，这趟旅程的终点站就要到了。”简弋把桌上的烟盒收进包里。

叶凡点头：“后面大概还有几天？”

简弋说：“算上萨普神山，四天吧。”

叶凡有点怳然，还有四天，他们这临时搭伙的旅伴就要分别了。如果可以，叶凡想让时间暂停在这一刻。

“四天，那你的诗是不是要写到尽头了？”

简弋点头：“第三百二十二首了。”

快要出发了，简弋昨天已经帮她把行李收进箱子，可以直接下楼。

简弋昨天把染了血的外套送到洗衣房，下楼的时候顺手取了。

林芝的天气很好，叶凡刚走出酒店门就被阳光晃了一下眼。

新的司机是一位藏族大哥，普通话不太标准，也不像李皓那样健谈，只是说了句“扎西德勒”就默默上车了。

叶凡上车的时候，发现旁边元梦的东西都不见了，猜测应该是李皓回来收拾了一下。看着旁边干净的座椅，她还有点感慨，听不到小姑娘的叽叽喳喳了。

下一秒，车门打开，简弋坐在了元梦之前的座位上。

叶凡一愣。

简弋做出解释：“怕你高反。”

她沉默着表示知道了。从今早开始，她就在努力转换自己的心态，可是简弋这样细心的人，点点滴滴之间又怎么可能让人不心动？

去拉萨的路上，车上都很安静，没了元梦，气氛就变得有些压抑了。

简弋靠在车窗上看着窗外，叶凡也不搭话，看向另一边。

到达拉萨之前有一段小路，叶凡看到了什么，喊道：“简弋，你看。”

路边穿着藏装的藏族人民在一步一叩首，朝着拉萨的方向缓慢前进。他们面色严肃，双手上都是灰尘，身上没有一处是干净的，看着却无比圣洁虔诚。

“他们的终点又是哪儿呢？”叶凡感慨。

“布达拉宫吧。他们的脚步有终点，信仰没有。”

叶凡不解：“那这么热忱的信仰，他们又求什么呢？”

前面的司机笑眯眯地插话：“他们无所求，他们只是佛祖虔诚的信徒。”

简弋点点头：“是的。”

雪山、高原、泥泞的路都阻挡不了他们的脚步，当他们走到那座圣殿的时候，他们本身就是佛。

叶凡问：“我们算是信徒吗？”

“跋涉万里来到这里的，都是信徒。”

第十章 布达拉宫

从高速路口进入拉萨的时候已经是下午，高原的太阳依旧热烈，车把他们送到了布达拉宫门口。本来的计划应该是上午就到达，没想到出了些意外。

站在那宏伟的建筑之前，叶凡甚至不敢相信，他们就这样到达了这里。全部的旅途，每个人最后想找到的意义都在布达拉宫，那是无数诗词、歌曲描绘的地方，无数人终其一生要寻找的地方。

面前的白色墙体衬托着他们的渺小，叩首参拜的信众无处不在，金碧辉煌的屋顶反射着下午的暖光，她看着这些，甚至还有流泪的冲动。

“缺氧但不缺信仰，我懂这句话了。”叶凡说。

简弋双手合十：“缺氧不缺信仰，是这样的。”

李皓昨天就给他们预约了门票，布达拉宫里面是不能拍照的，叶凡和简弋走进去，被这里的景象震慑到无法说话。

飞檐朝外张扬地挑着，法器式的八宝装饰在墙面上，一共有九层。叶凡跟在简弋后面，生怕迷路。他们在这藏式建筑之间穿梭，走到一处，拜一处。

藏香的气息在他们的身边环绕，叶凡感受到了久违的宁静，她的心中那样空荡却又那样虔诚。

下午来参拜的人不算多，逐渐西斜的阳光洒在圣殿之间，叶凡最后走得都有些腿软了，就踩着简弋的影子跟上他的步伐。

简弋回头小声问道：“要去转经筒吗？”

叶凡说："好。"

紧接着，他就带着她穿梭来穿梭去，直到叶凡都有些迷糊了，才到达一座偏殿。

稀薄的光线洒下来，顺着建筑的形状形成丁达尔效应，墙边摆着一排经筒，上面亮闪闪的，像是刷了一层油。

叶凡都看得迷了眼，站在原地没动。

简弋过来抓她的手腕："去碰一下吧，会保佑你的。"

他用力把叶凡推到前面去，自己却站在原地。

叶凡回过头："你不要摸一下吗？"

话刚说出口，她就愣住了。

简弋就那样站在整座偏殿唯一的一道暖光下，衣服白得发光，和光线相互辉映。此时的阳光已经开始焕发橙色，他像是一座佛像，就站在那里，微笑着目视叶凡。

叶凡没能继续说出话来，她很难准确地表达出自己心里是什么感受。

简弋回答："我就不摸了。"

她愣愣地点头，机械一样转身去触摸那些经筒。上面的经文像是飘到了她的手心里，时间仿佛被无限拉长，明明只是四面墙围起来的偏殿，但在她眼中却无限广袤。

她一步一停，在经筒的轮转中走过。

"简弋，"摸完经筒，她说，"我为你祈福了，祝你永远开心。"

从布达拉宫出来，司机接上他们去了酒店。把行李放好，车队组织一起去吃烧烤，叶凡也有些饿，就跟着一起去了。

还是按照之前一车一桌的模式，到了他们这里就剩下两个人。那位藏族司机已经回家去了，李皓今晚就会到拉萨，继续和他们完成之后的行程。

两个人坐一个大桌子，显得极其空旷。

叶凡没有多说话，有什么吃什么，简弋倒是时不时给她夹菜。

手机在包里响个不停，她本来没想接听，实在是被吵得无奈，也没看号码就放在了耳边。

“叶凡？”里面传来的声音是她前同事的。

不知道对方这个时候找自己是为了什么，叶凡皱了皱眉：“怎么了？”

“你怎么把工作群给退了，还把总监微信删了啊？”

“我不干了。”

“你知不知道，总监发了好几天火？之前的项目需要你，你要不回来吧。这次拍摄的项目你不是期待了好久吗？在西藏拍呢。”

叶凡忘了是在打电话，摇摇头：“我就在西藏。我不回去了。”

“你别啊，咱们公司有竞业协议的，你这样说不干就不干了，之后找工作你就做不了摄影师了！你总得给自己之后想想吧？一个男人死了不至于。”

所有人都告诉她，一个男人死了不至于。

可没人跟她说，除了男朋友，她缺失掉的那几年，还有在职场受委屈的那些年，以及积攒下来的全部痛苦至不至于。

从父母离开的那一年起，她就被一点一点压垮。总之，她就是不要继续下去了。

“那些都不重要了。”叶凡用筷子拨了拨碗里的食物，“我没打算回去，不只是公司，还有上海。”

“那你的房子怎么办啊？房贷还完了？你以后不活了？我实话跟你说，今天这个电话就是总监让我打的，现在项目没你不行。你就服个软，回来上班嘛。”

原来这个电话都不是出于关心，叶凡没忍住笑了。

“嗯，你说得对，但是我不回去。”

还没等电话那边传来回音，她就干脆地挂断，利落地拉黑对方。

她深吸一口气，告诉自己，是的，没有人是为了她而来，永远没有。

李皓第二天果然准时在车边等着他们，还是笑呵呵的样子。

叶凡无精打采地走过去，问：“元梦怎么样了？”

李皓说：“昨天她家人就飞过来了，等再休养一下就直接回西安。”

叶凡点点头。

李皓舒了口气：“还好她自己走出来求助了，要不然真的会出事。你吓到了吧？黑眼圈这么重，没睡好？”

叶凡其实根本不是因为元梦的事没睡好。

几天的时间里，她已经太过于习惯简弋的存在，昨天为了让自己戒断，硬是没有找他。简弋可能也图个清静，没有找她。

导致昨晚她几乎是睡一会儿醒一会儿，深陷在各种各样光怪陆离的梦里，现在累得不行。

她拉开车门一看，简弋已经坐在了车上。

趁着这个时间，李皓又在擦倒车镜。

简弋问叶凡：“你昨晚……怎么……”

叶凡知道他要问什么，打断他的话：“我总不能离不开你。”

简弋释怀一笑：“也是。”

羊卓雍错离拉萨不远，在车上，话变少了似乎也不打紧。

盘山公路，加上外侧看不到底的深渊，即使是闭上眼睛，叶凡还是有害怕的感觉。她侧身靠在座位上，尽量不去看窗外，一只手顺着扶手虚虚垂下。

每当一个几乎成直角的拐弯出现，她就轻轻地抖一下。

李皓开车很认真，几乎不说话，叶凡也不好意思让他开慢点，只能自己承受着。

突然间，手上传来了一阵冰冷的触感。

叶凡其实感受不太深刻，因为她的手已经麻了，只隐约觉得不一样。

简弋背对着她，头看向窗外，面色平常，仿佛这只是一件无比寻常的小事。

叶凡不想这样，所以她在不惊动李皓的情况下挣扎着，偏偏那双攥住她的手越来越紧。

她皱着眉咳嗽两声，想让简弋转过来。简弋也真的转过来了，他的面色无辜，还是那一副每时每刻都存在的冷漠表情，眉宇之间还带了点询问的意思。

叶凡还是第一次见到他这样耍无赖。

趁着车辆颠簸，噪声巨大，她轻声用气音说道：“你松开我。”

简弋也轻声回道：“别松开，我害怕。”

他有什么好怕的？不就是托词。

车回到平稳的路上了，他们也不能继续小声说话。叶凡无奈地继续闭上了眼，只是嘴角没控制住，露出了点笑意。

羊湖的观景台在山顶上，车队的车开上去的时候，刚好天边飘来一朵乌云，所以景色没有网上的那种油画感。

叶凡站在观景台上还被风吹得踉跄一下，幸好简弋伸手扶住了她。

他们两个在栏杆旁边站了好久，也没等到天色放晴。

“这里好像海，你不怕吗？”

简弋摇头：“这么远的距离，还好。”

叶凡抿了抿嘴。在这里眺望羊湖的全景是不错，对她来说唯一不好的就是真的太高了。

简弋是站在栏杆旁边的，叶凡是躲在简弋身后的。

想到这儿，她都没忍住笑，圣湖美得不可方物，但他们两个奇葩游客短时间内不能沉浸在它的美丽之中。

风实在太大，叶凡怕吹得头疼，就伸手把帽子戴上。

“今天是不是不会放晴了？”她问。

简弋说：“也许。”

她叹了口气。

时也，命也，刚刚上山的时候明明还艳阳高照，上了山就什么都不剩了。本来应该是湛蓝的湖水，此时也是一片灰色，旁边的山尖也是雾蒙蒙一片，高原的天气就是这样多变。

离启程还有二十分钟，叶凡不想白来一次，于是她抓了抓简弋的袖子，说：“我想凑近看看。”

简弋什么都没说，抓住了她的手腕，用了点巧劲，把她拉到前面。他一直都没有放手，手腕坚定有力地稳固着叶凡。

叶凡终于近距离看到了羊湖的风景。

湖面不时被吹出褶皱，在风停歇的时刻它就像一块沉静的宝石，又像是一个黑洞，摄魂夺魄。

她目视前方，眼神不聚焦：“我昨天接了一个电话……不对……是许多电话。

“好多人劝我回去上班，他们都在问我真的不要钱了、不要朋友、不要辛苦打拼的东西了吗？我说不想要。

“我不缺钱，但是我好烦。”

简弋攥着她的手腕用力了些，没有回答。

叶凡也不知道自己的情绪为什么会在这个时候流露出来，明明刚才还很坚强的。

她自己猜测，可能是圣湖的风光会让人凝视自己，放大一切心思。

简弋不回答她，她就自顾自地说：“我真的好矫情啊。”

说来好笑，她说这话的时候也许只是叛逆起来了，话说完没两秒，她自己都笑了。

她记得和简弋的约定，至少到萨普神山之前，她不会成为失信人士。至于之后，那就是她一个人的事情了。

叶凡正在心里想着，手上就感觉一松，她回头去看。

是简弋。

他把手从她的手腕上放下来了。

他好像真的有点不愉快，面色严肃。

叶凡心里也涌上来了点不服气，她只是流露了情绪。更何况，以她之前的作为，又要如何去解释。

简弋退后一步，远离她。

“你不知道站在这里是一件多么神圣的事情。

“之前你的伤口也好，高反也好，无论如何我是能够看出来你想活着的。可是你有看清自己的心吗？”

叶凡一个人靠在栏杆边，恐高的感觉又涌上来了。她大可往前挪动走到简弋的身边，可她不想。

她就像一个固执的小孩，想要得到一份肯定，用自己的拧巴和矫情来换。她不希望简弋说这些，只因为这些都是实话。

从理塘开始，叶凡就知道自己最初的目标动摇了，她再给自己洗脑多少次也没用，因为出发的目标早就变成了和简弋一同去往终点。

“简弋，不是每一个人都是你。”叶凡没有躁动，“我只是想要安稳而已，可是我做不到，所以我想自己选择一次。”

简弋的眼神冷冰冰的：“你自己的选择？你问一下自己，真的要那样选？”

叶凡不喜欢他这样的语气，真的有些恼了：“你在拿什么立场质问我？你不是一向都冷静？今天又是怎么了？”

“算了。”简弋转头要走，语气也恢复平常。

“为什么算了？”这次轮到叶凡不依不饶，“简弋，如果你这一路把自己当成菩萨，大可不必。

“我的心动都在你眼里了吧？我是不是很可笑？你又是不是想用这个理由吊我一命？

“恭喜你，你成功了。”

叶凡情绪上来了，说话都没了逻辑，只说自己想到的。这时候想到的、最不甘心的，竟然还是情情爱爱那点事。

简弋走出去了几步，又皱着眉头转回来，解释道：“抱歉，靠水的地方我会暴躁，可能说话伤到了你。”

叶凡心想，这算什么？他没有任何错，为什么要道歉？

“叶凡。”简弋深吸一口气，“剩下的这三天，在一起吗？”

太过于突然了。

叶凡刚刚有些耳鸣，但还是听清楚了那几个字。

在一起吗？

见叶凡没有反应，简弋思考了一瞬，又用粤语说了一遍。

叶凡不知道什么叫作“剩下的三天”。

她故意装傻：“什么？”

简弋又走上前来，抓住她的手腕，把她从让人心生恐惧的观景台带走。

“我不是你说的那样。

“我有心动，甚至从来没有那么心动。

“只是，我不想违背我的生涯，流浪是我注定的宿命。可能这样不是很好的选择吧，但我想试试，只因为是你。”

叶凡气笑了：“所以，你是觉得我得到了，之后就不会再想了吗？”

“不是的。”简弋继续解释，“我是最后给自己一个任性的机会吧。也许只有这样才能证明我对你不是救赎，而是平等的心动。

“流浪汉也是人。”

三天。

只有三天。

叶凡想要一时赌气地拒绝，但她发现自己根本没法拒绝，这是这个人从上路以来带给她的最大的诱惑。她不知道为什么，只是来了趟羊卓雍错，他们之间怎么会变成这样。

那么突然，那么无法设想地发展。

半晌，她看了看简弋抓着她的手，他们两个手腕上的伤疤撞在一起。

她说：“好，三天。”

叶凡不知道要让简弋放弃那些有多难，他这么一个身无长物的人，还会在乎什么？情感会不会成为锁链，这些都是未知数。

但她想试试。

下了羊湖的观景台之后，就连李皓都看出了他们之间的氛围不对。

叶凡还有点愣愣的，是被简弋牵着手来到车里的。

李皓一头雾水，刚刚上山还好好的，怎么去了一趟观景台他们就不说话了？

李皓在车里坐好，问道：“你们俩怎么了？”

叶凡那句“没什么”还没说出口，简弋的声音就传来：“我们在一起了。”

李皓愣在了原地。

叶凡也没想到简弋会直接说出来，在这句话之前，她甚至都以为简弋并没有那么认真。

下一秒，简弋把两个人牵着的手举起来挥了挥。

李皓点点头：“好……好啊，咱们车队有福气啊！”

叶凡不知道该怎么回答，只能随意地笑了笑。

手牵得紧，她挣脱不开，也只能随简弋去了。

启程后她又感觉到荒唐，直到到达圣象天门，他们都没再说一句话。

没有比这更轻易地确定关系了。

隔着车窗往外看，圣象天门的天空是放晴的，在羊湖没有看到的蓝色湖面终于在这里出现了。

叶凡感慨，真的太像海了，并且这里离得更近。

她想到了简弋，问道：“要不我们不去了吧？”

简弋一愣：“怎么了？”

“这里离湖面太近了，”叶凡摇摇头，“我怕你又焦躁起来。”

“没事，你去吧，好不容易来了一趟。”

叶凡并不想从简弋的身边离开，于是摇了摇头：“我哪儿都不去。”

“好。”简弋坐在那里，一双眼眸平静地直视着她。

她不知道接下来要说什么，只知道自己是真的有些慌张。

简弋突然开口：“情侣之间应该做什么呢？”

叶凡下意识地问：“你没谈过恋爱吗？”

“没。”

“那你别问我。”叶凡笑了下，“我就谈过一个，全忘了。”

或许是接吻、拥抱，但她自从在林芝亲了简弋一下，就再也没有这种勇气了。

简弋的耳尖红了，突然问道：“接吻吗？”

换成叶凡愣住了：“这么快……吗？”

没得到回答，简弋的目光还是那样凝视着她。

她一咬牙，闭上了眼，等待他的接近。

那天的冰凉触感没有，连靠近的热源都没有，她只听到简弋笑了笑：

“逗你的。”

她叹了口气，还有点失望。

简弋说：“我不想成为一个不负责任的人。”

“好。”叶凡不知道要回答什么。

简弋就是那样周到、完美，明明任由着她步步紧逼，选择了给她一个关系，又要保护着她。

“其实我也不亏。”叶凡说。

简弋笑了笑：“我并不值得你这样。”

他们当晚回到了拉萨。李皓看了看下一站念青唐古拉山的天气，似乎并不适合现在去。

叶凡坐在酒店房间还在犹豫要不要去找简弋。

他们今天的氛围怪得不像话，根本没有从原来的关系中转换过来。她不知道要怎么和简弋相处了。

做了好久的心理建设，叶凡才把手放在门把手上，准备去他的房间，敲门声就响起。

叶凡有一种预感，门外是简弋。

打开门，果不其然。

简弋的头发还有点滴水，应该是刚洗过澡，他孤零零地站在叶凡房间门口。

叶凡侧身给他让出位置，又不知道说什么。

简弋说道：“我来陪你。”

“我刚想去找你。”叶凡说。

“今早你上车的时候看起来不太精神，是昨天没睡好吗？”

“嗯——”叶凡思索一下，还是如实说了，“因为你不在。”

这话中的埋怨太过露骨，两个人都没继续就这个话题聊下去，默契地避开。

简弋把一个本子放在了桌子上，又从口袋里拿出一支钢笔，默默地写。

叶凡知道他是在写《飞鸟集》。

她也不打扰他，走到窗边拉好窗帘，又从行李箱里拿出洗漱用品，默默进了卫生间。

洗脸的时候，被水糊住了眼，叶凡伸手摸了好几下，才发现自己没有把洗脸巾拿出来。此时的她根本睁不开眼，还有少量的洗面奶在脸上，有点狼狈。

实在没办法，她站在原地喊道：“简弋——”

屋内传来一声：“怎么了？”

“能帮我拿一下洗脸巾吗？在行李箱里。”

简弋没回答，但是有翻找的声音传过来。没过一会儿，卫生间的门就被打开了。

叶凡闭着眼睛感觉到他的靠近，伸出一只手准备接过，但是等了好一会儿，还是没有东西落到手上。她眼睛又睁不开，疑惑道：“简弋？”

“嗯。”

回答传过来的瞬间，叶凡的脸上就有了触感。

简弋拿着洗脸巾，轻轻柔柔地帮她擦脸。

眼睛是最先被擦干净的，她不大适应地睁开，眼前还有些模糊。

她看到简弋正对着她，离得极近，面容温柔，一点点在她脸上擦拭。

“简弋。”她看呆了，那些消散的勇气又涌现回来。

“嗯？”

“我想亲你。”

闻言，简弋拿着洗脸巾的手顿了一下。

叶凡坚定地看着他。

“这是情侣之间的必要流程吗？”简弋问。

“是。”

“我不太会。”他把用完的洗脸巾扔到了垃圾桶里，双手自然垂下，一副任君采撷的样子。

叶凡默默吸了口气，心想，这是让她自己来的意思吗？

实话说，她也不太会。

气氛已经到了，她自然不会退却。

叶凡微微踮了踮脚，凑上前去，还是像上次一样，轻轻碰了碰简弋的唇。

简弋就像个木偶一般，站在原地不动。

叶凡不知道自己做得对还是错，电视剧里好像都是这样的。简弋应该是刚吃了一颗薄荷糖，嘴唇甜甜的。

她没忍住，吻得深了点，想要汲取那点甜味。

简弋还是没反应。

她不满意，于是把手放在简弋脖颈上，用力把他压下来，同时闭上眼。

过了两分钟，她嘴角一疼，腰上也传来了触感——是简弋的胳膊揽住了她。

下一秒，她就被一股大力带动，用力地靠在了洗漱台上，中间还隔着简弋的手。

叶凡不合时宜地想，这么大力，简弋的手估计青了。

似乎是不满她的出神，简弋又咬了一下她的嘴角，痛得她“嘶”了一声。

她想要开口叫简弋，却被他死死封堵住了呼吸。

这个吻持续了好久，久到叶凡已经有点高反的症状出现，没忍住掐了一下简弋的胳膊，简弋才慢慢离开，和叶凡面对面。

他们的呼吸交织在一起，明明无比暧昧，叶凡却喘着气说道：“简弋，你的手是不是青了？给我看看。”

简弋愣了几秒，随即轻轻笑了。

“别说这个。”他也有点喘。

叶凡的视线恢复正常，看着简弋。

他的表情是正常的，可是耳尖红得不像话。

“你害羞了。”叶凡说道。

“你也是。”简弋的眼神落在了叶凡的脸颊上，带着一种不服输的劲头。也许只有在这个时刻，他才会露出大男孩的一面。

叶凡还在他怀里，不想挣脱，就着这个姿势转过头，看到了镜子里的自己。

怪不得刚刚嘴角痛，是被啃红了一块。她的眼里带着泪花，脸也红得不像话。

两个人就像叶凡在磨西古镇的小巷子里见到的那几只野猫，互相依靠着抱团取暖。

最后还是叶凡强迫简弋把手拿给她看，手背上红了一块。

简弋说：“没事。”

叶凡对着他的手背吹了两口气：“你刚刚用太大力了。”

简弋面露难色，过了几秒才说：“我引以为豪的自制力在你面前都不见了。”

“这也是情话吗？”

“是，也不是。”

他们出了卫生间。已经很晚了，叶凡把简弋拉到床边，躺下再缩进他的怀里。他还是跟叶凡保持了点距离，似乎是不想再出格。

最后迷迷糊糊要睡着的时候，叶凡在想，如果只有三天的话，就这样也很好，得到过了，就不会继续惦记了。

路在地平线上延伸着，风景也如同画卷一般在叶凡的面前展开。

今天一大早，车队就带着他们出发了。叶凡都坐在车上了，还在回忆早上的事。

叶凡醒来发现简弋虽然没有离开被子，但只是沉默地靠在了床头，似乎是醒了很久的样子。

叶凡知道自己的作息逐渐变得正常了，他却没有。

哪怕是约定好了做三日情侣，他还是在和他心中的过往拉扯着。

简弋见她醒了，轻轻笑了下。

叶凡当时的嗓音还有些嘶哑，福至心灵地问了句：“简弋，不要到萨普神山才把最后的故事告诉我好不好？”

她非常迫切地想要了解，想要参与。

当时的简弋没说什么，只是点头：“好。”

后来洗漱的时候，他们还是像平常的情侣一样，你闹我，我闹你。

刷完牙，叶凡的嘴角沾了点牙膏沫，简弋极其自然地伸出手替她抹掉。

他的眼里有着很浓重的情愫，叶凡傻傻地看着他靠近，闭上眼之后感觉着他的呼吸、他的温度，从他的动作中可以看出不安。

叶凡一边跟他接吻，一边顺着他的背，是为了安抚。

他们去了楼下的小店吃糌粑，喝酥油茶，牵着手汇入人群，然后笑着走在小小的街道上，听着市集里的吆喝声，最后再牵着手走回车队集合的位置。

他们都清楚，这是车队的最后一天行程，过了今天他们就要去往萨普神山，然后告别。短暂的三天，只能是短暂的三天。

车窗玻璃起了点雾，叶凡伸手去擦，没有说话。

李皓还没发动车，正在和元梦视频，元梦时不时提到叶凡和简弋，他们就应答。

短短的一次旅行，作为车队队长的李皓和元梦都快成了忘年交。

手机后来被传到叶凡的手里。

元梦躺在病房里，笑眯眯地问："姐，听说你俩在一起了？"

叶凡先是愣住，后来又去看简弋，半晌才回过头来，低低地"嗯"了声。

元梦还在叽叽喳喳，车里好像一下子就又回到了刚开始那几天。

最后，李皓说："行了，妹子，晚上再聊，要出发了。"

元梦才依依不舍地说："那记得给我发照片！"

去纳木错的路上费了好几个小时，叶凡没有困意，一直看着窗外。

纳木错也是一片似海一般的湖，叶凡和简弋就没下车。

从车上往外看去，湖边还站着几头牦牛，远处是隐藏在云里的念青唐古拉山。

简弋说：“这里也有传说。”

叶凡问：“是什么？”

“念青唐古拉山生生世世守护着纳木错，守着西藏的这片‘海’。”

叶凡笑了笑：“好浪漫。”

简弋突然转过身来，神情严肃：“今天早上，你说想要听故事。”

“嗯。”

“那我来给你讲。”说罢，他又自嘲似的笑了笑，“我这个流浪汉也不再神秘了。”

叶凡没回答。

“上次说的，我在海里活了下来。”

“嗯。”

简弋的目光蓦然间变得缥缈又久远，他侧靠在椅背上，像是在回想些什么。

“我家还算有钱。我父亲是独子，可能就显得更有钱一点。”

叶凡心想，这不算有钱，这算富有。

“没有了监护人，我祖父把我接了回去。我心态一直很好，似乎那件事对我没有任何影响，家里的亲戚都在说我冷血。

“我成了唯一的财富继承人。

“老一辈可能总是有那样的思想吧，觉得家族团结才能延续，所以家族企业里的人几乎都姓简。听说我窒息前看到了一座雪山，他们以为抓住了好机会，不想让我继承财富，就整天来说外面的天地如何广袤，自由多么珍贵。

"不得不说，这些思想在我的心里扎了根，我一点都不想要钱。

"所以我开始了流浪，我从山顶别墅的围墙翻出去，从山下的小溪蹚过去，跑到澳门，跑到香港，走了一圈，最后还是被抓回了家。"

简弋说到这里的时候，语气有些犹豫，他握紧的拳头被叶凡看到了。

他深吸一口气，继续说着："那个时候，我开始反抗，我说我什么都不想要，给我一个自由。我祖父只是用一根拐杖打我，让我跪在父母的遗像前面。可我就是不甘心。"

"后来你没有再跑掉吗？"

简弋摇摇头。

"直到我二十岁，祖父去世，我才算是真正离开广州。"

十几年，叶凡不知道到底什么样的地方才能困住一个人十几年。

她有些地方想不通，小心翼翼地问道："那你为什么二十八岁才来这里？"

"因为我祖父死之前给我上了一课。

"他告诉我，钱和自由可以兼得。我看着跌下去的股价，看着企业的乱子，犹豫了。他供我读完大学，供我成长，我不能再像从前那样自私。我还记得他说的最后一句话，当时他吸着氧气在 ICU，隔着玻璃对我做口型。

"他说，简弋，别任性了。

"我知道，我又一次被老头骗了。"

叶凡想，他叫祖父为老头，也不是没感情吧？

"八年，我都在试图践行'兼得'这一件事，最后我成功了。"

加上这个八年，一共二十年。

他花费了二十年离开广州，最后用了十二天来到了萨普神山。

叶凡即使有再多的疑问，也不想再问下去了，这些只是光阴洗礼过的总结陈词，真正发生的时候，谁又知道那有多痛。

简弋也没有继续再说，他真的把话说得很轻了。

当年在香港太平山附近被保镖抓到，回家后，他跪了三天。他流浪到都快忘了自己是谁，可是身上的白衬衫依旧整洁。

祖父说：“你不是流浪的命。”

他回复：“我和你的儿子一样，都是注定要远离这里的。”

小小的他被沉重的拐杖敲到三天没起来，但他的心没有被敲倒，他依旧向往自由。

他再一次穿过山里的灌木丛，奔向广袤的世界。萨普神山在西藏，他要买去往西藏的火车票，可是他没有身份证，也没有钱。

他想去住酒店，还是遇到了同样的问题。

最后在广州的小巷子里过夜时，尽管流离失所，他的白衬衫还是没有脏。

十四天，他几乎靠着别人给的东西过活。最后，他看着只是有点皱了的白衬衫，重新上山，回到了那个如同城堡一样的别墅。

他对祖父说：“我要自由。”

祖父说：“还不是时候。”

他以为妥协能够改变一切，他撕心裂肺地闹、绝食、割腕，都会一次又一次被拉回来。最后，祖父看着躺在病床上的他，说：“别闹了，我不想让你像你爸爸一样死掉。”

简弋消停了。

从此他的日常生活就变得枯燥，上学时时时刻刻有保镖在教室外看着，家里所有窗户都被安上了防盗窗，那些铁做的栅栏确实切碎了他的光。

他不知道还能怎么办。

他开始病了，整日整夜活在一些幻觉之中，闭上眼就是沉入海底的女人，还有在香港的垃圾堆旁见到的血迹斑斑的死猫。

他不再说话了。

房间的书架上有一本泰戈尔的《飞鸟集》，是他有一天出现幻觉时，书架被推倒，掉落到他面前的。

他不知道还能做什么，于是没日没夜地看，把那些诗句都记进了脑子里。

钢笔不能在这个房间出现，祖父给他买了特制的、伤不到人的笔，写起来很费力，他在《飞鸟集》上写下第一个字，费力到把纸张划破。

周而复始。

最后终止在祖父给他看的一段视频上，是有人在萨普神山脚下拍的，清晰无比。

他落下了第二笔，没去之前，活下去。

那也是他第一次被老头骗。

二十年，他养成了抄诗的习惯，知道了生命的珍贵。他要把有限的生命都留给远方的路。

于是，在前往西藏的路上，叶凡遇到了穿着一身白色冲锋衣，像个干净的流浪汉的简弋。

今天还是回拉萨住，车队的车停在了昨天的酒店楼下。李皓没让大家马上走，他以一种很不舍的姿态站在酒店的大厅里。

“咱们的旅程正式结束了，今天大家就可以自己逛逛。很高兴和大家相遇，下次来西藏直接给我打电话，咱们还在雅江喝酒！”

其他车上的人一呼百应，都在说皓哥靠谱。

叶凡有些感慨，十二天前在成都，这群人都还互相不认识。

社交真的是一件很神奇的事情。

想到这儿，她看着简弋笑了笑，因为他们两个是奇葩。

李皓继续说：“咱们明天坐飞机离藏的都给我发个微信！送你们！”

所有人又是笑意盈盈地和他插科打诨。

叶凡和简弋站在人群的最后面笑着看。

散场的时候，李皓过来问：“你们俩什么时候的飞机啊？”

简弋说：“我们暂时不走。”

“要在拉萨多玩几天？”

叶凡摇头：“我们开车去萨普神山看看。”

李皓像是吓了一跳，赶忙说：“听说那边可能下雪，你们千万注意安全啊，藏区的路不好走。”

“放心吧。生意兴隆啊，皓哥。”简弋说道。

李皓再一次跟他们念叨着路上的注意事项，说了得有十几分钟才离开。他俩目送他带着车队的车越走越远，默契地回头对视。

叶凡说：“我没想到遇到的领队这么有人情味。”

简弋也点点头：“来这边的，都有故事。”

叶凡觉得这句话耳熟，努力想了想，这话在李皓带着他们刚从成都出发的时候就说过。

“你知道什么？”叶凡好奇地扯住简弋的袖口。

简弋无奈：“李皓哥喝酒的时候说过的。”

叶凡说：“我当时只顾着看你了。”

简弋愣了一下，又笑了笑，说：“他年轻的时候犯浑，一事无成，孩子生了之后奶粉钱都没有，去借钱欠了债。听说跑川藏线赚钱，他就带朋友一起来。最开始的时候什么都不懂，有很多不痛快。

“到现在跑了十几年，也爱上这里了。”

叶凡不明白：“那他太太怎么办？”

“他们一家现在都在成都，李皓不是每一个团都跟进来，他们平时都在一起。”

叶凡笑着说：“这可真好。”

简弋也说：“真好。”

第十一章

萨普神山

此时还早，才下午四点。按照之前的计划，今天取车，休息前半夜，后半夜就出发。

所以这个时候他们可以逛一逛拉萨的大街小巷。

叶凡之前就听说过八廓街的名号，于是拉着简弋准备去车行。

她私心里想看他开车的样子。

车行的位置不远，打车十几分钟就到了。

简弋在跟车行老板核对信息签合同，叶凡则跟在简弋身后。

车行还有卖便携氧气瓶的，只不过叶凡已经不怎么高反了，车里还剩两瓶可以用。

这一切都让叶凡期待，期待自己和简弋单独相处的十几个小时的旅程。

“简弋，我想穿一次藏装。”

叶凡站在八廓街一家店的门口，刚刚取了车，他们就直接开了过来。

简弋也任由她，牵着她的手进了店。

老板迎上来，喜气洋洋地问：“是要拍照吗？”

叶凡摇摇头：“藏装可以租吗？”

“可以可以，都在这里了，自己挑就好。”

简弋坐在小沙发上看着叶凡选。

叶凡都挑花眼了，转头看着简弋：“你真的很像陪女朋友逛街的男朋友。”

简弋笑了："我就是啊。"

叶凡拿衣服的手猛地顿住，对，差点忘了。

在墙上最高的地方挂着一套非常纯正的藏装，是红色的单肩外袍，袍边还缝制着很多白色绒毛，内衬也是白色的。

一式两件，一男一女。

叶凡突然就想看看简弋穿上是什么样。

她也没征求简弋的意见，转头直接跟店家说："最上面那套吧。"

店家给拿下来之后，她转手把男士的那一件递给简弋："和我一起穿吧。"

"好。"

叶凡还以为他会拒绝。

更衣室在里面，有且仅有一间，叶凡先进去换，简弋守在外头。

叶凡站在里面小声说："我们像不像在挑婚纱？"

简弋没回答。

她换好衣服出来，很清晰地看见简弋的眼睛亮了一下。她抬起宽大的袖子，转了一圈："好看吗？"

"嗯，好看，你是全拉萨最美的姑娘。"

叶凡不知道该怎么接话了，所以她把简弋推进了试衣间。

简弋走出来之后，叶凡也眯了眯眼。

怎么说呢，这个人穿上藏装，把他原来瘦弱的身体衬托得壮实了些，可惜肤色太白，不然一定和这里很合衬。

简弋带着叶凡去交了租衣服的押金，然后走出店门，在八廓街上瞎逛。

叶凡说："你现在终于不像一阵风了。"

“为什么？”

“你之前有点瘦，感觉下一秒就会化成风跑掉。在折多山的时候，我就这么觉得了。”

简弋弯了弯嘴角。

他们也不买东西，只是到处乱逛，也不管从哪个地方钻出来，又走进了哪条小巷子。

一条小巷子的岔路口有几级石阶，通向一个紧闭的朱红色的大门。

藏装厚重，叶凡走不动了，就跑到石阶上坐下。

简弋坐在低她一阶的位置。

这个位置巧得很，两边被小楼挡住的光顺着一根根电线洒下来，暖暖地照在了叶凡的身上。

她都有些被光照得睁不开眼了。

简弋把手伸到她面前：“手机借我一下吧。”

叶凡眯着眼从包里找到手机递过去。

只见简弋十分熟练地点开相机，按动了拍照键。

叶凡眼睛都没睁开，还是逆着光的。

肯定很丑。

叶凡伸手去抢，一不小心压到了简弋身上。

此时的巷子里空无一人，只有几墙之隔的八廓街上的游人声。她再一次大胆地、豁出去地吻了简弋。

光照得她的脸发热。

好半晌缓过来，她顺利地从简弋手里拿回手机。

那张照片没有她想象中的那么丑，只是有些背光，表情看不明晰。

已经很好了，他们有两张合照。

叶凡收起手机："拍得很好看，回了上海，我把它洗出来挂在家里。"

说完她才意识到自己说了什么。

简弋问道："决定回上海了吗？"

"是啊，简弋，我真的被你救赎了。"叶凡没去看简弋的眼睛。

"我没有救赎你，是西藏救赎了我们。"

他们没有继续这个话题，趁着天没黑，在黄昏下靠着石阶尽情享受这一刻，以至于叶凡之后只要回想起来，就会觉得那天那么漫长，那么漫长。

到了该还衣服的时候，天色也变暗了点。叶凡起身刚要走，简弋就扯住了她的手腕。

他说："我永远不会忘记这一天。"

简弋和叶凡还了衣服就回了酒店。

到萨普神山要十个小时，他们需要开夜车，简弋必须好好休息。

叶凡没有在这个时间里和他继续说些似是而非的话，只是乖乖地陷在他的怀里倒计时。

还有一天，最后一天。

她不敢想，自己那自私又可笑的想法会不会给简弋带来痛苦。

她想要简弋和她回上海。

但他那么骄傲自由的一个人，不该为这些虚无缥缈的爱折腰。

还是简弋先发现了她的欲言又止，主动开口："怎么了？"

叶凡语塞了一番："没……你的诗是不是写到最后一首了？"

"嗯，第三百二十五首。"

“是什么？”

简弋在这个时候打起了哑谜：“回了上海再看吧。”

叶凡也识趣，不再继续说了。她靠着简弋的颈窝，脑子里想的都是这次放弃了留在西藏，回到上海要怎么生活。

她做的一切都太决绝。

想得烦躁、迷茫，她干脆在心里念叨，只要活着，就总有一天能再见到简弋。

身边的人似乎已经睡着，呼吸平稳，叶凡也安心地闭上眼。

他们是午夜十二点起来的，外头安静得不像话。把叶凡的行李箱搬到车上后，简弋坐进驾驶座。

叶凡自然地上了副驾驶。

外面的黑夜浓重到不开远光灯都看不见路，叶凡什么都观察不了，唯一能做的就是打开导航，给简弋指路。

机器冷冰冰的声音在车内传来，十个小时。

开车上路，简弋突然问：“怕不怕？”

叶凡疑惑：“怕什么？”

“这么黑，这么远，像是要走到世界的尽头了。”

“我不怕，你怕吗？”

简弋轻笑：“不怕。”

“你应该很期待才对。”叶凡肯定道。

“我有些‘近乡情怯’。”简弋手握方向盘转弯，“二十年，终于走到这里了。”

叶凡没回答，只是看着仪表盘的亮光。

有那么一刻，她真的觉得自己和简弋就像是一对自驾旅行的夫妻，自然得不像话。

她也这么跟简弋说了。

简弋轻笑：“那我一定是个不合格的丈夫。”

“为什么？”

“我应该是那种抛下妻子、孩子追求理想的坏男人。”

叶凡被他这种形容逗笑了。

还妻子、孩子，他们一丝一毫的连接都没有。

一路的风景等同于无，这还是叶凡第一次感受到这样的西藏。

车开了五个小时，黎明前的灰白开始浮现，叶凡这才看清他们身侧的样子——还是西藏那种平静的、看上一眼就感觉闻到了藏香味的山川之间。

太阳是在路过一个不知名的小镇子时出现的。

叶凡让简弋停车，她下去买水，正好可以休息一会儿。

她拎着一袋水上车时，东方的太阳正好在一个山尖上浮现，虽然没有日照金山的那种震撼感，但叶凡就是感受到了幸福和不舍。

简弋的目光直视着那里，手上拿着水浅浅地喝了几口。

叶凡突然问道：“你说我们到了萨普要做什么？”

“什么都不做，就在那儿看看吧。”

“好。”

或许是因为有晨光，简弋身上的那种脆弱感再次显现。

叶凡好想好想吻他。

她这么想，也就这么做了。这次不是像之前一样还要小心询问，而是很大胆地扯了简弋的衣领，自己凑近。

这个吻也不带有任何情欲，只是浅浅碰了一下。

叶凡心里纠结，最后还是咬了简弋的嘴角，给他留下一个印记，一个永远不会忘记的印记。

分开的时候，叶凡盯着简弋的嘴角，那里破了。

但她很高兴。

“简弋，你被我咬破了。”

简弋的耳尖肉眼可见地红了，他伸手轻轻碰了碰嘴角，说：“没关系，这是你给我的印记。”

想到一起去了。

“这是最后一个亲吻了吧？”叶凡也喝了口水，“之后我做的梦大概都会是关于这个的。”

简弋不回答，发动车子继续启程。

翻过一座又一座山，看到一个个不同的“世界”，远远看到萨普神山的时候，叶凡想流泪。

这就是那座曾经她觉得高大缥缈的萨普神山，就这样耸立在眼前了。

洁白的山顶，映衬着光芒和天空的浅蓝色。高原上的空气稀薄，叶凡每次呼吸都很深沉。他们的车停在山脚下很远的一个村落外围，简弋从车上下来，站在叶凡身边，他眼里是浓得化不开的眷恋。

叶凡默默地牵住简弋的手。

简弋面色不变，却紧紧攥着叶凡的手。

“终于……”简弋长舒一口气。

叶凡说：“你终于见到你的山了，恭喜。”

“我幻想了十年。”简弋感叹着。

叶凡从车上拿下来那条毯子，铺在还有些金黄的草地上。她先坐下，拍拍旁边示意简弋也来。

简弋坐下，缓缓地说：“这十年里，每次梦到那片海，只要我窒息着醒过来，就能看到远处的雪山。我告诉自己，一定有一天，这个地方我一定会来。”

“你很成功，恭喜你从噩梦里逃出来了。”

叶凡坐在毯子上，手向后撑着，眺望着那遥远的雪山。明明这么远，却巨大得像是就在眼前。想到这里，她看了眼简弋，这个男人又何尝不是呢？

叶凡觉得这太普通了，普通的村落，普通的地方，接下来即将是普通的离别。

“你接下来会做什么？”她问。

“我不知道。我出生的意义似乎就是来到这里，至于之后，都无所谓了。”

叶凡想把那句话问出口，她在心里措辞，手一直在摩挲。这一路，她至少犹豫了不下十次。

“你要不要……”跟我回上海。

不要再痛苦，不要再流浪，不要再执着。和她一起生活，不想上班就在家等她，她在下班回家的路上给他买最好吃的灌汤包；待腻了，就一起旅行，再来一次西藏也好，哪怕冰岛也行。

可她没继续说下去。

简弋望着萨普神山的目光是那样炽烈。微风吹动他的衣角，白得圣洁。

简弋是一只固执的飞鸟。

他不能够被关在大城市的钢筋铁笼里，不能停步在心中的海面。他只有朝着未来的一座座雪山一直飞，直到哪天被撞得头破血流，然后死在那儿，停在那儿。

“算了。”叶凡自嘲似的摇摇头。

简弋可能知道她要说什么，只是笑得眉眼弯弯地看着她，问道：“下一站或许是冰岛？”

“为什么？”

“那里有雪啊，或者是一个永恒的冬天。”

“可是冰岛也有海，你不怕了？”叶凡觉得累，干脆躺下。

简弋也跟着躺下：“没去过，不知道怕不怕。”

“那你不要走进海里，远远看看就行。不然你死了，除了我，这世界上就没人在乎你了。”

简弋没回答。

远处的光打在萨普神山前面，激起强烈的撕裂感。光源内，整座神山都暖洋洋的，光源外却是无比的阴暗。

“你看。”叶凡伸手一指，“我们都在暗的这里，都在向着光里跑。我们两个都快要到了。”

“你回上海后要做什么？”简弋直接跳过话题。

“上班，吃饭，睡觉，生老病死。要不你让我死在西藏好了，折多山不错，念青唐古拉也不错，当然这里更好。”

“你想都不要想。”简弋笑了笑，“以后都要好好活着，我在天涯海角都会知道的。”

“你为什么知道？”叶凡疑惑。

简弋指指心口：“感应得到。

“会睡得好吗？会被爱吗？会有钱吗？以后你只要想到这些，你就想想这个下午。我虽然身无长物，但此刻永恒地安稳。”

又恢复了诗人的腔调。

“这样能安慰到你吗？”

“并不会。”叶凡沉默一下，“只会让我嫉妒你。”

不过她思考了一下简弋说的话，确实，她这一辈子从未有一刻如此平静。没有修不完的图，没有接不完的电话，只有萨普那位高大壮阔的神明站在远处，看着一男一女躺在春天的草地上。

他们在这里躺了两个多小时，叶凡枕着简弋的胳膊，数着蓝天上的白云，说：“可惜，李皓还说会下雪。”

简弋回道：“以后都不会下雪了，你再也不会失去什么了。”

叶凡不语。

时间到了。

再眷恋，也只能开车回到拉萨去。简弋握着方向盘，车开得很慢，还有十个小时。

“累不累？”叶凡问。

“只要是在路上就不累。”

两个人心情都有些沉重，像是硬生生从自己的心里剥落了些什么。

“简弋。”

“嗯？”

“我……”叶凡咬咬牙还是说出了口，“我给你时间，到我上飞机之前。我愿意跟你走，哪里都可以。”

她没说得太直白，把选择递给简弋，给他足够的空间。

只要他说一句，她就跟他走。

冰岛似乎也不错，有空可以坐游轮去。还可以找一个永远没有季节变换的国家，待到老，待到死。

简弋没有回答叶凡的话。

十个小时，他们从黑夜到白天，又从白天到黑夜。

回到拉萨已经是深夜，路灯还有几分钟就会熄灭。拉萨街道上的红蓝色清晰地映在叶凡的眼底。

两个没有睡眠的人，为了一个答案僵持，熬到了尽头。

叶凡已经不抱希望。

其实她骗了简弋，她之前没有订机票，就是在等一个回答。

这短暂而又漫长的十二天，把叶凡的不舍情绪烘托到了极致。

她回到酒店房间，行李箱留在了车里。

叶凡还有很多话想和他说的，似乎也不必开口了。她趁着简弋去洗脸，订了早上的机票。

就到机场为止吧。

简弋出来，他们还是拥抱在一起睡着，相互取暖。其实叶凡想说，过了十二点，三天就过了，但她没能出口。

就这样吧，到最后一刻。

第二天早上，两个人同时睁眼。

洗漱好，要出发了。

叶凡沉默地对峙，她不想走，但简弋的手已经搭在了门把手上。

她深吸一口气，习惯性地再去扯简弋的袖口，说：“再吻吻我吧。”

简弋低着头：“三天已经过了。”

“——那算了。”叶凡也低下头，原来他也知道。

谁料，一双手突然大力握在叶凡的后颈，带动着她靠近，他们渐渐重合在一起。简弋的吻热切无比，像只不知所措的小兽横冲直撞。

叶凡有些疼，但她没有推开。

最后亲吻终止在叶凡实在没气了，简弋放开的时候，她已经满眼是泪。

不知道是憋的，还是其他。

他们沉默地上车，沉默地离开，沉默地到达机场。

简弋停好车，思索：“走吧。”

他抢先下车，又抢先拿到了叶凡的行李，抢先走进了大厅。

叶凡又一次恍然，短短半个月不到，一切都变了。

“简弋。”叶凡叫他，“你接下来要去哪儿？我们还会再见吗？”

“下一站，墨脱吧，我要留在这里一段时间。”简弋终于肯说话了。

简弋把行李箱递给叶凡，攥着她往里走，她不愿挪动脚步，两个人就在人来人往的机场大厅里僵持着。

叶凡不想离开，不论是西藏的高山白雪，还是西藏的梦中人。她只是固执地死死盯着简弋的眼睛，企图找到一丝丝的挽留。

但是，没有。

简弋张了张口，似乎是想说什么，终究没出声。

叶凡看着他，那一秒，哪怕只要听到一个字，那么无论是冰岛的海，还是珠穆朗玛峰的云层，她都会抛下一切跟着他走入白天黑夜。

可事实就是什么都没有，连一句道别都没有。

简弋从包里拿出一个本子，随意撕了一页，又拿出笔写了些什么，然后郑重其事地塞进叶凡的口袋。

她什么都没有看到，依旧不挪开目光，也不愿挪动。

“走吧。”简弋不敢看她，“去吧。”

“你没有跟我道别。为什么不看我，不跟我道别？”叶凡深吸一口气。

简弋说：“没有道别，就代表着会再相遇。”

最终叶凡还是走进了机场，拖着那个行李箱。

三、二、一……

转过身，身后的简弋不见了踪影。

她以为自己会流泪，但似乎自己更冷血。她甚至还有些庆幸，简弋去追求自由了。

她在口袋里摸索那张字条。

叶凡，再见。

没有说出口的道别。

说了再见还会再见吗？

叶凡只觉得不安。

简弋这个人，像高原上一阵捉摸不定的风，吹乱她的头发，离开时还要带走些什么。

叶凡抬头，从机场硕大的落地玻璃窗往外看。

从这个角度，可以看到还有着积雪的不知名的山。

折多山的隆达没有实现她的愿望，布达拉的转经筒也没有消解她的苦闷。

什么都没有得到，又再一次离开。为什么是再一次？就连叶凡自己都不知道。

安检人员对她说“扎西德勒”，飞机上的藏族人穿着藏袍。

她好像在西藏，又好像不在了。

她坐在座位上闭着眼，回想着昨天。

在萨普神山脚下时，她远望着如云的山巅，心想，如果一辈子停留在那里多好。

但是简弋双手枕在脑后，还是穿着那一身洁白的冲锋衣，他说——

“会死去吗？明天？今天？”

“或者昨天我就已经不在了，这一切都是你的一场梦。”

“简弋不知道，叶凡也不知道。”

“但是布达拉仍然在等着我的脚印，我还没有到达那座圣殿，远山在等着我的光临。”

看吧，叶凡说过，简弋是个诗人。

哪怕他是个流浪汉，他仍然是个诗人。

第十二章

上海

飞机在虹桥落地，没有人来接叶凡，她要一个人回家。那个房子里都是些不好的记忆，但她再也不怕了。

回到上海就要开始踏进红尘，还要去接死去的男朋友的骨灰。叶凡把行李箱送回凌乱的家，转身就去了火葬场。

打车过去的时间里，她还休息了一会儿。进去之后，叶凡怎么都想不起来男朋友叫什么，只记得那个小盒子放置的位置。

管理员没办法，让她登记了身份证进去。

叶凡不喜欢这里。

狭长的走廊里都是人们的至爱亲朋，他们或因为没钱买墓地而停留，或因为无处可去而停留。

都是人间苦。

她凭借记忆走到了第七间，应该是左手边第三层第三个。

她寻找着，潜意识还在抗拒，会不会看到男朋友的照片，她就又一次陷入那样的梦境？

除了简弋，没有人能救赎她了。

她很无奈，却也只能去看，视线猛地对上第三层第三个。

叶凡看到照片，不知道该怎样形容自己的心情。

她先是愣了两秒，接着荒唐地笑了，在这片空寂的骨灰存放处笑得肆意。

她身上还带着藏香，还穿着从萨普神山穿回来的衣服，包里还有简弋给她买的佛牌，甚至她清晰地记得自己还欠了简弋一杯酥油茶和一个雪山摆件。

她就说嘛，世界上哪有那么巧的事。

她笑出了泪，无力地站在原地：“原来是你啊。”

骨灰盒的格子间里摆着小贡品，盒子是非常朴素的款式，照片立在正中间，旁边还有一张写着名字的字条，上面写着——

简 弋

1990. 2. 14 ～ 2018. 2. 28

“姐！姐！你醒啦！”叶凡脑袋昏沉，眼睛才睁开一半就听见一个熟悉的声音在耳边呼喊。

她努力把仿佛粘在一起的眼睛睁开，入目的却不是那冷冰冰的火葬场。

一个小女孩站在床边，急切地看着她。

叶凡要很努力地看，才发现这个女孩是元梦。

她扫视一周，四处都是纯白色的，监控仪的“嘀嘀”声还在响。几个医生冲进来，向蒙住的叶凡问各种各样的问题。

“你是谁？”

“你头疼吗？”

“你晕吗？”

“你感觉怎么样？”

叶凡什么都不问，只是配合着回答。直到医生走了，她才问：“元梦，我怎么在这儿？”

“姐？”元梦放下要倒水的水杯，“你受伤住院了啊，你不记得了？我去给你叫医生！”

“等等！”叶凡想让她听自己把话说完，“那你怎么在我这儿？不是应该回西安了？”

元梦的神色不是很自然，回答避重就轻：“啊……那个我看你住院了，就从西安飞过来看看你……”

叶凡看她支支吾吾的，也没有再说什么。

三天后，叶凡正式出院，她还不能长时间行走，只能坐在轮椅上。元梦推着她回了那个噩梦般的家。

屋里还是走之前的样子，还是两个人的痕迹。

沙发上的毯子还是乱七八糟的，一切都没变，却似乎都变了。

她被元梦扶到沙发上坐着，茶几上还放着简弋送给她的《飞鸟集》，落了灰。

元梦说自己还有事，跟叶凡说了一声就走了。小姑娘走了之后，整个房子就剩下一个人的呼吸，无比寂静。

叶凡伸手去拿《飞鸟集》。

泰戈尔的诗和简弋一样，像一阵风，捉摸不定的浪漫和随性。她一目十行，百无聊赖地翻阅。

诗句里充满了飞鸟、群星、落叶。

最后一页，上面有简弋的字迹。

那首简短的诗上面，标注着“325”。

是简弋在到达萨普神山前抄的最后一首。

“我相信你的爱。”

让这句话做我最后的话。

我相信你的爱……

叶凡的情绪微微起伏，却控制不住自己想起一些什么。

那些雪山下的话、八廓街晒的太阳、没说出口的道别、简弋那件纯白的冲锋衣、她手上没有痊愈的伤口，还有……还有……

还有稻城亚丁骑上的马、在布达拉宫的经筒上摸了一手的油、在羊卓雍错前想离开却又后悔的一秒钟……

她想喝杯水让自己不要想那么多，于是站起身来。

也许是住院太久，没走动，她晃了一下，肩撞到了身后那幅巨大的萨普神山的油画。

她疼得蹲下身来，一张照片顺着缝隙飘下。

那景色她无比眼熟，来自那条永不会忘的八廓街。

她和简弋背着光的合照，那样明朗，她甚至记得，自己在那儿和简弋接了吻。

她怎么会忘呢？怎么敢忘呢？

吸着烟的简弋。家里的茶几上放着一个烟灰缸，上面是简弋抽过的烟。

说自己是流浪汉的简弋、说没有道别就会有重逢的简弋……

也是虽然害怕海，但还是会陪叶凡去的简弋……

会说粤语跟叶凡告白的简弋、会每天抄一首《飞鸟集》里的诗的简弋、会在家等着叶凡下班的简弋……

以及从二十六楼坠落的简弋，摔得血肉模糊，如同一枝盛放的玫瑰……

一直活在她的梦中的简弋，是她贫瘠生活中最浪漫的诗人。

叶凡终于控制不住自己的情绪，失神般地坐在地毯上。

《飞鸟集》被她摔到地上，从书籍的尾页中掉出了一张纸。

别哭，别怕。

你活着，你死去。

这个世上总有一座雪山记得你的步伐。

总有一个人会无所芥蒂地爱你。

《飞鸟集》续写——简弋

叶凡捡起那张纸，上面除了那首诗，还有两个笔画写得非常用力的字。泪水模糊得她几乎看不清，努力擦出一片清明的视线——再见。

又怎么会忘呢？

叶凡从在梦里看到骨灰盒就想了起来。

她和简弋相识在西藏旅行的路上。只不过那时候的叶凡父母双亡，辞掉了前一份工作，活不下去的她，身无长物来到了西藏。

所有的故事都一样，他们同行了十几天。

遗憾的是，他们没有去萨普神山，因为下了大雪，萨普神山的路不通行了。

叶凡并不知道简弋的执念，她选择带他一起去了珠穆朗玛峰。

在世界的屋脊上，在这条故事线里，叶凡欢欣雀跃的，萨普神山下的那些话，最终还是被她问出了口。

她说："要不要和我回上海？"

他沉思着，眼神里的挣扎，叶凡这辈子都忘不掉。

他说：“好。”

他们一起回到了上海，在叶凡得知简弋对萨普神山的心愿后，只是轻飘飘地说了一句：“以后我陪你去。”

这个“以后”就是六年，叶凡换了新的工作，每天回家都疲惫不堪，没有假期，甚至还会情绪崩溃。

简弋每次都会安慰地抱一抱她，告诉她没关系，然后陪她在楼下的小花园散散心。

叶凡知道他想要离开上海，是自己捆绑住了他，他永远也不可能逃走了。她才是困住他，切断了他的光的防盗窗。

今年他们商定了婚期，叶凡开心地告诉简弋，三月份就去西藏，这次一定要去萨普神山看一看。

简弋肉眼可见地雀跃起来。

他买了白色的冲锋衣，买了新毯子，买了帽子，买了一切能想到的东西。

他每一天都会在电视上看关于雪山的纪录片，连半夜被噩梦惊醒的情况都少了。

叶凡看着他这样也开心，早早递交了婚假申请，期待这一场旅程。

可是公司的答复是三月份拍摄任务非常重，不批假，叶凡甚至还被上司劈头盖脸地骂了一顿。

她一肚子火气地回到家，简弋拿着平板电脑过来，问她想吃什么零食，可以买了带到西藏去。

叶凡爆发了，大喊：“有完没完？西藏西藏，你是不是只有西藏？

“能不能不要再跟我提了？

“我不想去！我没兴趣！

“懂了吗？”

那是第一次，她发火，简弋没有安慰她。

他只是抱着他的本子和《飞鸟集》进了房间，沉默不言。

之后的三天，叶凡也憋着一口气，说什么都要冷战到底。

只是简弋再也不出房门，连饭都没吃。叶凡觉得三天足够长了，下班的时候拿着新买来的冲锋衣，兴致勃勃地准备告诉简弋，她哪怕辞职也必须去西藏。

可无论她怎么敲门，简弋也没有说话。

半夜的时候，叶凡听到客厅有什么东西倒了。她的夜盲症严重，于是一直叫着简弋的名字。

没有人回答。

她迷迷糊糊地走出来，看到的就是在阳台栏杆边已经陷入梦魇的简弋，他穿着一身白色。

无论什么时候，他的眼神永远是那样温柔，永远饱含爱意地看着她。

她慌了，想要冲过去，梦游的人却半步不停留。

叶凡明明听到了他的呓语：“别怕，再见。”

别怕。

她好怕。

道别了就不会再相逢了。

她亲眼看着简弋，像诗里说的那样，又飞去了。

在那样轻飘飘的梦里，飞去找他的雪山，而她却是压死飞鸟的最后一根稻草。

她跌跌撞撞地走向阳台，双手扶着栏杆，跪在地上。

一楼的简弋，红色的血液在路灯下洒了满地，像荆棘里开满的玫瑰花，他身上的衣服依旧白得像雪一样。

叶凡疯了，在阳台上大喊。

整栋楼都亮起了灯，警笛声“呜呜”作响，还有救护车的声音。

叶凡不合时宜地想，我的简弋都碎成那样了，还能拼起来吗？还救得活吗？

求求你们，把他救活吧！什么西藏，什么冰岛，什么挪威，什么南极，哪里都能去，她哪里都能去，只要把简弋还给她。

她无法再原谅自己。

自从那年一起去了西藏，元梦就一直和他们保持联系，关系极好。

他们在收拾房间的时候找到了简弋的本子。

叶凡边哭边看，第一首诗就是——

夏天的飞鸟，飞到我窗前，又飞去了。

秋天的黄叶，他们没什么可唱，只叹息一声，飞落在那里。

对不起。

对不起。

对不起……

她不知道。

她不知道这六年的时间会对简弋造成这么大的伤害，她不知道简弋为了萨普神山付出了多少的期待，她不知道简弋已经准备跟她共度余生了……

她后悔，为什么在喜马拉雅的雪山上，没有咽回自己的私心，应该放任简弋去飞，飞得头破血流也没关系，流浪汉只适合在外流浪。

所以叶凡受到了惩罚。

流浪汉不能做她一个人的诗人。在爱与自由中，简弋先选择了六年的爱，终于去找回他丢失已久的自由了。

简弋火化后，叶凡心灰意冷，再次约了进藏的车队，准备把他的骨灰带到萨普去。一天，她不小心撞到了墙上的油画，从油画的缝隙中掉出来了一张照片。

是六年前，在八廓街，穿着红色藏袍的少女，爱意盈盈地看着拍摄的人。

照片的背后，写着：永远不会忘记这一天。

是简弋的字体。

那样老旧，那样洁白，那样遥远。

她捏着照片坐了好久，失神间手腕撞在了破碎的杯子上，她毫无痛觉。

最后失去意识前，她还把照片紧紧地攥在怀里。

再次醒来前，她做了一个长长的梦。她可以在梦里丢下所有人，可以自私可以冷漠，可是她的身边永远都会有一个简弋，让她迷途知返，让她变得强大，让她可以毫无烦恼地在八廓街晒太阳。

为什么要醒来？

叶凡从地毯上爬起来，走到油画旁边。

入梦的条件是什么呢？是画吗？还是照片？还是这条故事线真正的结束？

为什么只是一场梦？

简弋的衣柜里还有一件冲锋衣，她跌跌撞撞地走过去拿起来，把衣服抱在怀里。衣服上还有洗衣粉的香味，似乎还有一些温度。

她抱着它，一步一步走到了阳台上，往下看。

二十六层，这么高，叶凡恐高，腿都在抖，但她还是在往下看，仿佛简弋还躺在地上和她说——

“总有高山记得住你的步伐。”

“总有人毫无芥蒂地爱你。”

“别怕，别怕。”

简弋还在下面笑，还是那样温柔，还是那样包容着她的恶作剧。

叶凡哭得快要昏过去，怎样才能重来？

她还没有说再见，那就代表还会再相逢对不对？

熟悉的窒息感再次将她包围，一片朦胧中，她隐隐约约看到了一座雪山，看到了一个懒洋洋的午后，如风洒脱的大诗人坐在西藏春日的草地上远眺。

她说，你自由地走吧。

他说，再见。

叶凡从来不知道，自己竟然有那样的毅力。

人人都说珠穆朗玛峰是世界的顶端，只要征服了它，这世上就再也没有任何东西能够让你为难。

叶凡信了。

那场恍惚的梦，已经过了好几年。这几年间，她不停地在旋涡里挣扎。

二十六楼的婚房一动未动，房产证上明明写着她的名字，她却再也没有一个可以称为家的地方。很多时候她也在想，是不是去到新的地方就能摆脱一切困苦？

她尝试着挣扎，因为简弋说过，她要好好活着，活到老，活到死。

想到这儿，她就不由得感慨，简弋真的是一个身无长物的人。

他轻飘飘地从她的生命里路过，再轻飘飘地离开，像课本里的枯叶蝶，混迹在远方的深秋，再也找不到踪迹，从此以后路过的每一片落叶，都像他。

他给叶凡留下了数不尽的钱、看不完的书。叶凡依靠这些，辗转了数不尽的城市，在这个快节奏的时代，她也抛下了手机、抛下了对外沟通的渠道。

结果就是，叶凡发现自己病了。

她开始频繁地代替简弋做梦，无论是那二十年里简弋心中的海，还是那遥不可及的雪山，都频繁出现在她的梦里。

后来，叶凡也去过很多次萨普神山，但都没有梦里的瑰丽壮阔，在梦里，阳光洒下来的那一刻，她仿佛彻底融进了光明。

可这终究是无穷无尽的幻想。

那个平静的午后，只能是奢望与遥不可及的幻想。

叶凡已经快要分不清楚梦境和现实了。

哪些是真？哪些是假？

她开始学着简弋抽烟了。

就是那样一支接着一支，目的不在于过瘾，只是好像能从掐着烟的姿势中短暂地共情到简弋的身影似的。

在云南的古镇里，叶凡望着没有尽头的青石板路。这里也有一队游客，他们在说着即将去往的西藏风光。

一个人说：“听说珠穆朗玛峰下面有一座寺庙。”

叶凡也动了念头。

只是她再也不想进入任何一个车队、认识任何一个朋友，这会给她的生活带来翻天覆地的改变。她开始害怕，如果有天连她都不记得简弋的纯白色身影，该怎么办？

这世界还会有人记得他吗？还会有人记得他的流浪和远方吗？

叶凡买了一辆小车，准备好充足的物资，开始朝着珠穆朗玛的方向日夜兼程。好在这次是从云南进藏，再也不会有触景生情的东西阻拦着她的脚步。

只是在到达拉萨的那一天，她去了八廓街。

小巷子里还是不变的景色，高原上的空气还是那样稀薄，她坐在那个台阶上，看着阳光一点一点下落，最后变成余晖。

是红色的。

是和那身藏袍一样的红色。

她在这里坐了很久很久，自说自话了很久很久。

她说：

“简弋，你说永远不会忘了这一天。现在你忘了吗？”

“简弋，那身藏袍能藏住你的伤疤吗？”

“简弋，简弋，简弋……”

没有人回答。

至少现在没有。

叶凡悲观地看待一切，她认为这里也留存不久，连西藏的雪山都会忘记信仰它的人。

珠穆朗玛峰下是大片大片的无人区，像是能触及另一个世界。

叶凡在这里疾驰，看到了牦牛身上系着的红绳，看到了最像世界尽头的地方。如果死在这里，一定什么都留不下。

她近乎偏执，看着前方永远走不到的天际，一遍一遍地想着：

简弋，你就是个自私鬼。你明知道的……明知道你的离开会成为压垮我的最后一根稻草。你沾满血地盛放，也是我生命最后的悲鸣。

你明知道的。

珠穆朗玛峰下的寺庙迎来了一位客人。

喇嘛穿着袍子，递上一杯酥油茶，他见这位找不到旅途的旅客怔怔地看着神像，又虔诚地跪拜，他的神都好似在悲悯。

他用不够标准的汉语朝着旅人说道：“放下前尘才能自救。”

旅人充耳不闻。

喇嘛毫无办法，只能陪在一旁。这个旅人足够平静，但以前的喇嘛说过，一个人平静到了极点，就不再是人。

旅人拜完，站起身来：“喇嘛，我可以在院子里坐一会儿吗？”

“当然。”

旅人坐在了院子里的一块石头上，从口袋里拿出了一张纸。那张纸看着皱巴巴的，明显是翻阅过很多次的样子。

“喇嘛，您看得懂汉字吗？”

“当然。”

“那您能帮我看看吗？这封信想表达什么呢？”

喇嘛小心翼翼地接过，那张纸原来是一封信。久居藏区，他看文字有些费力，只能慢吞吞地辨认。

旅人已经点燃一支烟，也不吸，就那么拿着，和寺里的香火似的。

信上是非常漂亮的字迹。

叶凡：

你还好吗？

你看到这行字的时候，我们也许永远都见不到了。我骗了你，还是先说一句对不起吧。第一次在成都见到你的时候，我愣神了很久，觉得你是一个看着平静，实则很有生命力的人，所以我第一次没有拒绝别人的靠近。

明天就要去珠穆朗玛峰了，我无法开口说出我的原计划——我想留在萨普雪山。

你说你对世界感到绝望，我觉得可惜，便一直劝说你。我很自私，因为我又何尝不是。

但我想看你明媚地回到该属于你的地方。

你和我亲吻的时候，和我拥抱的时候，一起见到雪崩的时候，一起走过上万年的冰川的时候，我都在想，这片天地真大，大到可以让我们私奔，不用介怀任何事情。

可我是四分五裂的雪，我不能留在任何地方。明天晚上，我们就会见到世界的制高点，同时，自私的我也会向你道别。我会离开那里，去往更多的地方。

而这封信寄给了元梦，她会在很久之后交到你的手里。

如果你忘了这些，就算了；如果你没忘，那么我希望你忘了。

之所以写这些，也只不过是因为我太清楚自己。你就像一道光似的，让我无法自拔地朝着你的方向走去。我怕明晚的星空太明亮，怕明晚的夜太漫长，漫长到我会改变想法，重新变成回到笼子里的飞鸟。

我知道你想带我回上海。我也知道，回到城市之后，一定有一天，我会因为我的懦弱、我的不堪选择抛弃你，到另一个远方去。

而你，会因为我的抛弃，毁掉自此之后全部的人生。

你是生命力顽强的小草，我是早就毫无力气的飞鸟。你怪我也好，恨我也罢，这些是人类最无足轻重的东西。

看吧，我就是你人生中这样自私的一个过客。

越靠近这里，我就越恍惚。长久的睡眠不足，使我又一次有了幻觉，甚至这封信都写得颠三倒四。

可笑吧，这样的我也企图靠近了你。

叶凡，今年是2012年，传说中的世界末日要来了。

叶凡，你别怪我。

我错了。

简弋

这封信是叶凡醒来之后，元梦转交给叶凡的。

当时元梦说，2012年那场旅行结束之后，她收到了来自拉萨的信。上面写着，如果简弋去了上海，那么这封信不需要交给叶凡；如果简弋留在了西藏，那么就挑选风和日丽的一天送给叶凡。

之后一切都清晰了，简弋跟着叶凡回家，他们仿佛有了未来的希望。

元梦本来都忘记这回事了，那天收拾的时候却找到了这封发黄的信，信封上的邮票还是布达拉宫的纪念版。

叶凡一直没打开。

直到她独自去了萨普神山，才在山脚下看了。

原来一切都是简弋早已预料的，又或许，自那之后的他对自己自信过了头。

叶凡想问问他，是不是写信的时候也在抽着烟，不然怎么信纸上还有烟灰的痕迹，是不是以为自己能够抵抗二十年的噩梦。

喇嘛问道：“这是对你的表白？”

哪有人是这样表白的呢？

叶凡轻笑了下，谢过喇嘛，出了庙门。

她在无人区的公路上飞驰，越来越远。

迷蒙间，她看到一片云出现在脚下，四分五裂的雪撒在她的发顶，红色的飘带在引路。

一个穿着纯白色冲锋衣的人敞开了怀抱，说：“走吧。”

远方的雪山啊，永远在远方。

过路的旅人啊，永远在他乡。

没人知道，那场无人区的车祸里，遇害者最后的呢喃。

她说——

“我相信你的爱。”

让这句话作为我最后的话。

番外

一：太平往事

海浪拍打船体的噪声让人耳朵发痛。

叶凡皱着脸，小手揉着耳朵：“妈妈，我好晕。”这是她第一次坐轮渡，连头晕的感觉都觉得新奇。甲板外是触手可及的深蓝色大海，晚霞照耀着海面，辉映在甲板上，再被船身切割出一道阴影。

一双温暖的手盖住她的眼睛：“别看海，会好点的。”

叶凡把那双手拉下来，因为海的吸引力更大，哪怕头晕，她还是想要看下去。

“妈妈，什么时候到香港呀？”

“还有一会儿。”

叶凡乖巧地点头，数着浪花。晚霞渐落，天空和海融合成一片黑色。她看累了就低头数指纹。

再次踏上陆地时，香港已经被夜色笼罩。此时正是秋天，风没有夏天的燥热。叶凡跟着妈妈上了车，坐在双层巴士的角落。

巴士从港口开往城市中心，人们多是说粤语，叶凡听不懂，好奇的眸子来回观察着。

“我们去哪里呀？”

“我们先去旺角住一晚。”

“这是哪里？”叶凡听着晦涩的地名，满心不解。书本上没有告诉她香港是这样的繁华，霓虹灯撞进她的眼里，构成了一个不同的世界。

“到了就知道了。”

巴士到站，叶凡被妈妈牵着手走下车。这里的楼房形状她从未见过，她仿佛来到了一个新世界一般，跑来跑去。

“慢点！”

“知道了！”叶凡踩着路沿，“我喜欢这里。”

晚上的旺角还算静谧，叶凡跟着妈妈走走停停，最终在一家冰室门口停步。她不知道菠萝包的味道，只知道和她见过的食物都不大一样，妈妈给她买了两个。

牛奶的香味在嘴里化开，楼角转折，拖拽行李箱的声音刺耳却规律。

叶凡蹦蹦跳跳地跟着妈妈走进小巷子：“我们现在去哪里呀？”

“去一个阿姨家里住。”妈妈摸摸她的头发，“到别人家里要讲礼貌，要先问好，知道吗？”

叶凡点头。

小巷子里暗了下来，相隔十几米远才有一盏路灯，而且照耀的范围很小，像在方寸之间圈出一方独特的世界。

不远处的一盏路灯下有一个巨大的垃圾桶，桶旁边还有黑漆漆的一块，像是被分割了出来。

妈妈忽然握紧了叶凡的手。

叶凡以为是妈妈害怕，也把手握紧。

走到近处，两人才发现，那处黑暗里坐着一个小孩，看起来和叶凡差不多大，只是身量较小，蜷缩在那里，才不容易被发现。

他穿着白衬衫，工整地掖在黑色裤子里，明明是坐在垃圾桶旁，偏偏身上不见半分脏污。

听见响声，他抬起头。

叶凡和他对视。

他的眼睑极为单薄，瞳孔如死水，找不到一丝波澜。

“妈妈，他好瘦，是不是没吃东西？”她问。

妈妈低头看了一眼，这么干净的小孩，肯定不是流浪的。她拉着叶凡蹲下来：“小朋友，你怎么在这里？”

男孩抿了抿唇，好半晌才开口，说的却是粤语：“我喺（在）等人。”似乎很久没有开口说话了，他的嗓子有点沙哑。

叶凡听不懂粤语，她只是觉得他有些可怜，所以她低下头看了看自己手里没吃完的菠萝包，其中一个已经咬了一半。

她犹豫片刻，抬起头：“你饿吗？”像是想给自己的菠萝包托付一个好人家。

男孩摇头，又点头。

叶凡噘了噘嘴，站起身，把完整的那一个菠萝包递出去，在男孩面前晃了晃：“这个叫菠萝包，很好吃的，送给你。”

“拿着吧。”妈妈也说道，“吃完了早点回家，一个人在外面不安全。”

男孩接过菠萝包，递到嘴边。

他明明看着很饿，吃起来还是细嚼慢咽的。

见男孩吃了东西，妈妈拉着叶凡站起身，准备继续走。

叶凡还在原地不动，看着小男孩：“你快点回家哦，要记得欠我一个菠萝包。”

“我家在上海。”叶凡补充道，“以后有机会请我吃好吃的吧。”

想起之前妈妈说过，对别人说这种话的时候要客气礼貌，要说好话。

所以她又继续说：“祝你睡个好觉。”

简弋目送那对母女走远，手里的菠萝包还温热着，隐隐听到她们的声音传来。

“让人家请你吃饭，怎么没有介绍自己的名字，只介绍自己的家在哪里呢？”

“哎呀，我忘记了，我可以回去告诉他吗？”

“没关系，”女人的声音温柔而坚定，她一手牵着人，一手拖着行李箱，“没有道别就会再见面的。”

二：金山有梦

上海金山有一片海。

叶凡上班的时候，听同事说最近城市海滩会举行一场烟花大会。

上海禁燃已久，叶凡已经很久没有看到烟花了，所以听说这个消息后，她一下班就兴致勃勃地和简弋提起。

彼时简弋正坐在沙发上，手里拿着一本书看，闻言抬起头：“可以啊，你去哪儿我都陪你。”

叶凡把换下来的鞋子收好，走到沙发边展开双臂，简弋顺势抱住她。她的声音闷在简弋怀里：“那你要帮我拍照，拍得好看一点。”

“好，但是肯定没叶大摄影师拍得好。”

“你要开车，金山好远。”

“可以。”

“那我们这周六就出发。”叶凡抬起头，近距离看着简弋，“你已经在家里待得太久了，我们一起出去走走。”

简弋轻笑：“知道了。”

他自从跟叶凡回了上海，基本上整天都是看书等叶凡下班，偶尔叶凡有假期，两个人就一起去旅行。这种平静的日子过得久了，就好像两个人在西藏相识的那段日子不存在似的。

叶凡撇撇嘴：“你找个广场去跟老奶奶们跳舞也好。”

“等我们八十岁，”简弋的双臂收紧了些，“你带我去。”

“好呀。”

几番商量下来，他们决定了这次去玩要带些什么。

叶凡的心几乎是飞起来的，飘飘然就到了周六。两个人睡到了下午，五点多的时候开车出发。

简弋在驾驶座：“好久没开车了。”

叶凡问：“你什么时候考的驾驶证？”

“高考结束。”简弋回道，“当时没什么概念，只是家里说应该学，我就去了。”

“是有用的。”

“确实。”简弋转动方向盘，“其实他们让我做的事情都是有用的，只是当时不懂。”

“比如？”

“比如让我学车，我就能开车带你到处走，不被脚步限制；比如让我上学，是为了在见到更多风景的时候，思想不再贫瘠。”

“你说得对。”叶凡把车窗开了一条缝隙，钻进来的风吹动她的发丝，“还能因为这些，让你遇见我。”

去金山的路程较远，叶凡还抽空睡了一会儿。睡醒的时候她看了看身边的简弋穿着白色卫衣认真开车，竟然有些恍惚。

最后到达城市海滩的时候已经快七点钟了。

他们把车停在一处视野开阔的位置，叶凡把座位放平，看着此时还有些橙色光芒的天际，忽然问：“你说萨普神山现在天黑了吗？”

简弋愣了一下，随即说：“黑了。黑得像被墨水洒满，我们两个在黑夜里近距离站着都会看不到对方。”

“那还是不要去了。”叶凡讨厌这种感觉，只是这试探的话说出口之后她又随即补上一句，“我开玩笑的，你想去，我就陪你。”

简弋摇摇头：“再黑我也能找到你。”

“为什么？”

“没有原因，我就是可以。”

叶凡想跳过这个话题了。她看着手机数时间，车载音响连着她的蓝牙放着歌，放的是 *Pairs in the Rain*。

“我们也去巴黎淋雨吧？”

“好。”简弋也把座位放下，一只手枕在脑后，“淋完雨我们就穿着湿透的衣服去看风景。”

叶凡没忍住笑了笑：“好。”

时间就在两个人有一搭没一搭的聊天中度过，很快就到了八点，海滩上已经来了不少人。

叶凡说道：“时间到了。”

几乎是同时，她的话音一落下，天边就绽放出金色的光，像破碎的玻璃霎时散落在各处。海滩上传来此起彼伏的惊叹。

她转头看向简弋，几乎是同时，简弋也看向了她。

她在烟火声中问：“简弋，接吻吗？”

简弋点了点头，凑上来。

他们纠缠在一起，外面是烟火璀璨，叶凡泄愤似的咬住简弋的嘴角，呢喃：“总觉得你下一秒就要离开我。”

简弋没有回答。

叶凡的手攥了攥衣角，随即被一只手抓住，展平。

她想，这就是回答。

烟火在吻中结束。

最璀璨的那一束落下后，满地都是硝烟味。

开车回去的路上，叶凡迷迷糊糊地睡着了，又梦到了珠穆朗玛峰。只是这个梦荒诞诡谲，珠穆朗玛峰峰顶居然放起了烟花，她和简弋在这片璀璨中接吻。

她问：“这里的烟花好看吗？”

简弋的冲锋衣被风吹得“呼呼”作响：“好看。”

“你会离开我吗？”

简弋的声音真挚而有力：“不会。哪怕我变成一阵风，也绕着你飞。”

话音刚落，叶凡睁开眼。

简弋正平稳地开着车，见她坐直，便问：“做噩梦了吗？”

“嗯。”